文芸社セレクション

鏡との出会い

～鏡との絆の物語～

渡辺 由菜

WATANABE Yuna

文芸社

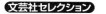

目次

鏡との出会い

第1章　鏡の中

今は倉庫化されている1年4組の鏡の前で手を当て、小学1年生くらいの女の子がこう言った。

「きゅるるんきゅるるんきゅるるるるん」

すると赤い光が広がった。

「今日は何をしてほしいの?」

「今日は勉強を代わりにして欲しいの。かがみん」

「りょうかーい、愛瑠《あいる》任せて」

愛瑠はよく鏡の中の自分通称かがみんと入れ替わる。入れ替わるときはいつもこの鏡で入れ替わるみたいだ。愛瑠は他の鏡でも入れ替われるか試したこともあるが、何も反応がなかった。かがみんによるとその人その人専用の入れ替われる鏡があるそうだ。それをたまたま発見できた愛瑠だけが今入れ替われているみたいだ。

鏡の中の自分、かがみんは教室に向かった。そして授業を受けている。今日の1時間目は算数のようだ。かがみんは先生にあてられて答えを発表した。でも間違いだった。かがみんは泣いてしまった。すると先生は、

「篠原さん大丈夫。間違うことは恥ずかしいことじゃないよ。それにね、他の分からなかった子たちもおかげでほんとの答えが分かったのよ。良かったね。」

「うん。」

授業が終わりかがみんは愛瑠に会いに行った。

「ねえねえ、聞いて愛瑠。私ね、問題間違えちゃって泣いちゃったんだけど、先生が褒めてくれたの。答えを間違えたおかげで分からない人も答えが分かること出来たんだって。」

「えーそれって褒められたのかな？」

「褒められたよーだって私が間違えたから分かったんだよ。」

「うーん。」

「だっていいことってことでしょ？　怒られてないし。」

「うん確かにそうかも。」

「でしょでしょ。」

「うん！」

「あっじゃあ次の授業行ってくるね。」

「うんまたね。あっでも、あんまり間違わないでねー私なんだからー。」

「はーい分かったよ。」

第2章　鏡の中では

時間は巻き戻りその頃の愛瑠の方はというと…。

「よし、今日もまねるぞー。」

愛瑠はルンルンとスキップしながらスタート地点に行く。鏡の世界ではたくさんの鏡がある。その中に自分が映ればその鏡の前で真似をするというルールがある。ちなみに移動している時や映らないときは何をしていてもいい。

そして鏡の中では、次に映る鏡をお知らせする放送が流れるので、それを頼りに移動していく仕組みだ。

愛瑠はその鏡の世界のルールがゲームみたいで楽しいみたいだ。

愛瑠が真似をしていると、かがみんが泣き始めた。鏡の中では特定の鏡しか声が聞こえず何を言っているか分からないので、愛瑠は戸惑いを隠しながらも頑張って泣き真似をしていた。

1時間目の授業が終わると愛瑠の元にかがみんが来た。愛瑠はかがみんと話した。かがみんは嬉しそうに、間違えたけど褒められたと話していた。かがみんは怒られないからいいことだといった。愛瑠はこう思っていた。（かがみんの言う通り怒られてはいないしいいことかもしれないけど、間違えるなんてやだよ。皆の役に立ってもやだよ。恥ずかしいな。かがみんに間違わないよう言おうっと。）

愛瑠はかがみんと違い間違えた恥ずかしさが嫌みたいだ。

第3章　恥ずかしさ

授業が終わり帰ってきたかがみんに愛瑠は聞いた。

「かがみん。何で先生の言葉で褒められたって感じたの？」

「先生に分からなかった子たちも答えが分かったって言われたからだよ。その子たちの役に立てたって事じゃん嬉しいよ。それにありがとうって言われたからね。」

「でも間違った答えを見られちゃうんだよ嫌じゃない？」

「確かにそうだけど皆の役に立てた嬉しさの方がよくない？」

「そうなのかな？」

「愛瑠も授業受けて見たら？　そしたら分かるよ。」

「うん。そうしてみる。」

「じゃあ明日楽しんで。」

「うん…。」

「きゅるるんきゅるるんきゅるるるん」

と二人は呪文を唱え交代した。

次の日愛瑠は授業を受けた。

「この問題を愛瑠さんといてください。」

「はい。５＋５の答えは55だと思います。」

「残念。違います。でも大丈夫ここから正しい答えの出し方が分かるよ！」

「それでも嫌。」

愛瑠は泣き出してしまった。

「愛瑠さんどうして嫌なの？」

「だってッグス。皆の前で間違えたんだもん答えが分かっても……うっ恥ずかしいもん。」

「そっかあ。そうだねえその恥ずかしさはあるかもね。じゃあね、こう考えたらどうだろう。クイズを解いているって考えるのクイズって誰しも間違えるけどそれも楽しく笑えるでしょ？　だからそう思うのはどうかな？　皆はどう思う？　クイズだったら楽しくならない？」

「俺なると思う。」

「私も。その方がなんか楽しくなるし何度でも答えたくなる。」

「分かるー俺も思う。」

「私もー。」

「愛瑠ちゃんはどう思う？」

「私もそう思う。」

愛瑠は泣き止み笑顔になった。

「ねっ。クイズだと間違いなんて恥ずかしくないでしょ？　勉強と言うけれどもこれはクイズと一緒なんだよ。たくさん考えてたくさん間違えて答えを知って笑顔になるそういうものよ。」

「いいねー。学校楽しくなるー。」

「私もー。」

皆も愛瑠も笑顔になり教室は明るくなった。愛瑠は思った。

（授業って楽しいかも。答えが分かるの楽しいし嬉しいな。なんかかがみんの褒められたと思う気持ちも分かる気がする。）

愛瑠は授業の楽しさや間違えることは恥ずかしくないことを学んだ。授業が終わるとかがみんにこのことを嬉しそうに話した。かがみんも嬉しそうに答えていた。

第４章　運動

「きゅるるんきゅるるんきゅるるるん」

「今日も体育よろしくね。」

「うん。」

愛瑠はいつも体育の授業に出ずに鏡の中で過ごす。愛瑠はダンスは好きだけど運動は大っ嫌いだ。愛瑠は今日も元気に鏡の中で真似をする。すると突然愛瑠はバタンと倒れた。

「痛いっ足が痛い。」

「離れてください。」

白衣を着た黒縁メガネの男性が声をかける。

「無理っ動けないよー。」

その男性は駆け寄り愛瑠を抱き上げ、スタート地点へ運んだ。その瞬間かがみんの映ったガラスがバリンと割れた。

「大丈夫ですか？」

「足が痛くて力が入らないっ。」

「あなた映ってない間運動してないんですか？」

と愛瑠の脚の状態を見ながら男性は聞いた。

「運動なんかしないよ。何で鏡の中まで来て運動するの？」

すると男性はため息をつきこういった。

「あなたこれ肉離れですよ。どうするんですか？　動けないじゃないですか。早く鏡の中の子と交代してください。このままじゃ鏡がどんどん割れてしまいます。頼みますよ。はい。治療は出来ました。早く交代して病院行ってくださいい。」

「うっうわーん。」

愛瑠は泣いてしまった。

「泣かれても困ります。もうー。言い過ぎました。痛かったですね。よしよし。」

男性は愛瑠を慰める。

「ごめんなさい。怖かったですよね、急に怒ってすいません。でも困るんです。鏡の中に映ってるときには正確に真似が出来ていないとその鏡は粉々に割れてしまうので。見てください。今もまた割れてしまいました。」

「ごっごめんなさーい。うわーん。」

「うーん困ったな泣かないで。よしよし。今すぐ戻ればこれ以上割れないから。大丈夫大丈夫。変わってくれる？」

「うん。っグス」

「では、緊急呼び出しのテレパシーを送ります。」

そして男性は愛瑠をいつもの鏡の前に連れて行くとかがみんも来ていた。

「大丈夫？　愛瑠？」

「うん。この怖いおじさんが治療してくれたから、だいぶ痛み引いてきた。でもまだ痛い。グスっ。」

「そっかあ。痛いよね。早く病院行って楽になろう。辛そうだよ。愛瑠が辛いの嫌だから、交代しよう。」

「うん。」

「きゅるるん。きゅるるんきゅるるるるん」

「保健室行ってくる。かがみんごめんね。かがみんの鏡。何枚かわれちゃった。」

「大丈夫。仕方ないよ。早く良くなるといいね。」

「うん。ありがとう。おじさんもありがとう。」

「いや、わたくしは逆に怖がらせてしまったので何も。」

「怖かったけど助けてくれたもん。ありがとう。」

「いえ、どういたしまして。」

「そういえばおじさんは誰？」

「鏡の中を守っている人だよ。」

「へー。そうなんだ。かっこいいね。」

「ありがとう。おじさん怒り過ぎてごめんね。」

「いいよ。」

「あっチャイムなっちゃうよ。早く行っといで。」

「うん。」

「かがみん。またね。」

「うん。」

愛瑠は保健室に行くと先生は痛み具合を見て親に連絡してくれた。

「愛瑠ちゃん体育以外の日あんまり動いてない？」

「うん。」

「動かないとまた痛くなるよ。運動は大事よ。急に動かすとこんな風に痛くなるんだよ。筋肉さんがびっくりしちゃうんだよ。」

「そうなんだあ。分かった。でも愛瑠運動嫌いだな。」

「フフ。先生も嫌い。でもね運動しないと後が痛いからね。それに太るし。頑張ろう。」

「うん。」

(実は体育もやってないなんて言えないなあ。でももうこんな思いしたくないな。頑張ろう。)

愛瑠は病院に行った。原因はやっぱり肉離れだった。さらに肉離れがひどくて治るまでリハビリが必要みたいでストレッチや軽い運動をしなければならなくなった。

（最悪だ。でもやらないと治らないしな。）

愛瑠は体育をかがみんに任せきりにしたことを後悔した。

第5章　姉妹喧嘩

愛瑠には年少の妹乃愛《のあい》がいる。

ある日愛瑠と乃愛はどちらが手を先に洗うかで喧嘩をしていた。

「愛瑠、乃愛はまだ小さいんだから譲りなさい。」

とお母さんが言うと愛瑠は、

「なんで小さいからって譲らなきゃいけないの？　意味わからない。お母さんも乃愛も嫌い。」

といい手を洗い自分の部屋に行ってしまった。愛瑠はゲームを始めたりテレビを見たりしている。

「あー。もう。姉妹なんて嫌。そうだかがみんと交代しよう。」

愛瑠はそっと家を出て休みの学校へ向かう。

「着いた。あっ学校開いてる。」

ばれないように学校に入り、かがみんと話せる1年4組の鏡まで向かう。

「ねえ、かがみん。交代しよう。」

「今日休みじゃないの？　入ってきていいの？」

「もちろんだめだよ。でもここでしか交代できないもん。どうしても交代したいの。あんな家族と一緒にいたくないから。」

「家族がいるなんていいじゃん。鏡の中はほんとうの家族じゃないから羨ましいのに。」

「家族なんて居てもむかつくだけだよ。」

「そうかな？　まあいいや。交代してあげる。」

「ありがとう。行くよ。きゅるるんきゅるるんきゅるるるるん」

「じゃあ明日までよろしくね。」

「うん。」

愛瑠は鏡の中のスタート地点に向かう。そして最初に映ったのは家族といるかがみんだ。早速真似をする。隣には鏡の中の家族がいる。だが話す口真似だけで実際には話さない。ただ真似るだけだ。

（わー。なんて快適なんだろう。家族と実際に話さなくていいなんて。快適。）

愛瑠は最初は家族と話さずに過ごせることを嬉しく感じていたが、夜頃になると愛瑠は思った。

（なんだか寂しいかも。でも乃愛とお母さんが悪いんだから。でも楽しそう。）

そう思いながら愛瑠は真似をした。途中愛瑠は映らなくなった瞬間に鏡の中の家族に話そうとしたがすぐに次の鏡に行ってしまった。

（何で話してくれないの。冷たいな。）

愛瑠は涙が出てきたが誰も慰めてはくれない。泣いている間もなく鏡に映るかがみんも真似なければいけない。

（家に帰りたいよ。お母さんのご飯が食べたい。）

次の日、かがみんが朝早く来てくれた。

「楽しかったよ。ありがとう。」

「うん。」

「どうしたの？　元気ないね愛瑠」

「なんだか寂しくなっちゃった。家族に会いたい。」

「うん。じゃあ、交代しようか。」

「きゅるるんきゅるるんきゅるるるん」

「あっそういえばお母さんがね、『愛瑠だって先がいい時もあるよね。いつも譲ってくれてありがとう。ごめんね』って言ってたよ。妹も『お姉ちゃんありがとう』だって。」

「そうなんだ。」

愛瑠は涙を流した。

「お母さん、乃愛。っグス。」

「大丈夫だよ。愛瑠の気持ちも伝わってるよたぶん。今日帰ったら謝れるといいね。」

「うん。」

愛瑠はおうちに帰ると二人に気持ちを伝えた。

「昨日はごめんね。乃愛、お母さん、大好き。」

「もう、どうしたのよ。昨日も謝ってくれたじゃない。大丈夫よ。お母さん愛瑠のことも乃愛のことも。二人とも可愛いんだから。」

「お母さん。」

愛瑠と乃愛はお母さんに抱き着いた。

第6章　友達

「ねえ、かがみんには友達いるの？」

「いないよ。鏡の中じゃ話せる時間があまりないからね。それに愛瑠と誰かが映っていれば他の人に会えるけどすぐ自分のスペースに戻らないといけないしね。」

「そうだよね。この前私もそう感じた。でも気になってさ。」

「そっかあ。そういえば愛瑠とよくいるみっちゃんといつもどんな話しをしているの？　私交代してるとき話しかけられるとどう話せばいいか分からないんだよね。」

「あー。みっちゃんね。じつはね、皆にはみっちゃんて呼ばれてるけど、私はみちるって呼んでるんだよ。」

「えっ早く教えてよ。いつもみっちゃんって呼んじゃってるよ。」

「ごめんごめん。そういえば言ってなかったね。」

「もう。で、何を話してるの」

「うーんとね。『バトンループ』っていうアニメの話とか占いとか家族の話ししているよ。後二人で替え歌、歌ったりかな。」

「そうなんだね。」

「うん。」

「いいなあ友達って楽しそう。」

「あっそうだ、私の世界で友達作ってみたら？」

「えっいいの？」

「うん。」

「でもまずどんな風に話しかければいいんだろう？」

「自分の興味ある事してる人にそれ何してるの？　って私は聞いてだんだん友達になったよ。」

「そっかあ。でも緊張するな。」

「大丈夫。皆、優しいから。」

「頑張ってみようかな。」

「うん。」

かがみんは挑戦してみることにした。

次の日かがみんは1日交代してもらえることになった。だが、かがみんは、話しかけられなかった。次の交代日もまた次の時も。

「かがみん大丈夫。まだいっぱい時間あるよ。だって6年間はあるんだから。」

「うん。」

「あっ、いい案が浮かんだよ。おはようからいってみたら？」

「いいね。そうしてみる。」

かがみんは、おはようをいろんな人に言ってみた。すると一人の男の子が声をかけてきた。

「おはよう。篠原さん。」

「おはよう。仁森君。」

そのたった1回のおはようの返しあいが出来たことがかがみんはとても嬉しかったみたいだ。かがみんはルンルンして愛瑠に話していた。またある日かがみんが、水やりしながら花に話しかけていると仁森君が話しかけてきた。

「お花好きなの？」

「うん。」

「へー。俺もお花好き。手伝うよ。」

仁森君はじょうろを持ってきた。

「ありがとう。」

「おう。」

「じっ仁森君は何の花が好き?」

「俺はコスモス」

「私も。一緒だね。」

「だね。コスモスってさあ、明るい感じで可愛くていいよね。」

「うんうん。分かる。あとさ…。」

と二人はたくさんお話をした。それからもよく仁森君と話すようになった。だがかがみんは自分のことを話したくなった『ほんとは私鏡の中にいるんだよ』とでも話して怖がられないかと心配していた。愛瑠に相談することにした。

「いいじゃん。話しなよ。だっていつまでも隠してたら友達になれないじゃん。友達って本音で話せる関係だから友達でしょ?」

「そうなの?」

「そうだよ。じゃなきゃ一緒にいて楽しめないじゃん」

「そうだよね。」

「うん。」

「それで打ち明けても、変わらず話しかけてくれるなら、仁森君も友達になりたいってことだよ、きっと。」

「そうだよね。」

「うん。」

「私話してきたい。」

「いいよ。きゅるるんきゅるるん　きゅるるるん」

かがみんは交代すると仁森君に会いに行き鏡のことや自分のことを話した。

「へー。マジスゲーじゃん。もっと聞かせてよ。それに俺それでもかがみんのこと友達だからな。」

「えっ私たちって友達なの？」

「えっ違うの？」

「ううん。友達だよ。」

「良かったー。これからも友達でいような。」

「うん。」

かがみんに友達が出来た。

第7章　運動会

「もーう。いやあ。やっぱり運動なんて嫌い私出来ないもん。失敗ばかりだし。皆に嫌そうに見られるし。何で運動会なんてあるのー。ねーかがみん替わって。」

「大丈夫だよ。頑張って。」

「もう頑張ってるー。」

「うん。頑張ってるよね。でも後もう少し乗り切ろうよ。皆と最後まで頑張れたらきっと嬉しいよ。」

「えーー。今日1日だけお願い。」

「もう仕方ないなあ。いいよ。」

「やったあ。きゅるるんきゅるるんきゅるるるるん」

二人は入れ替わった。そんなところにみっちゃんと仁森くんも来た。

「ねえ、かがみん私たちは入れ替われないの？」

二人はかがみんに聞いた。

「まあ、出来るけど何で？」

「入れ替わりたい。私運動会嫌い。」

「俺も。」

「二人とも－。もう。皆何でそんな運動会嫌なの？」

「だって嫌なもんは嫌だから。」

と二人は言った。

「しょうがないなあ。じゃあ、二人のしゃべれるそれぞれの鏡の場所を教えるね。仁森君は体育倉庫の鏡。みっちゃんは1階トイレの鏡だよ。そこで手を当てて交代したい思いを願いながらぐっと押してみて、そしたらお話ししてくれるから鏡の自分の話をよく聞いてね。説明してくれるから。」

「分かった。」

二人はかがみんにそういうとその場所へと向かった。

鏡の前に着き二人はかがみんに言われたようにした。すると黄色い光が広がり鏡の前の自分がしゃべりだした。

「こんにちは。私は鏡の中のあなたです。あなたの願い受け取ったよ。じゃあ、交代の説明をするね。交代するときはこの鏡に手を当ててきゅるるんきゅるるんきゅるるるんって言うの。そしたら赤い光が出て交代出来るの。でもねひとつ約束があって、鏡の中に来たら鏡ウォッチが隣に置いてあるから、それを付けてスタート地点と書かれた場所に行かなければいけないの。鏡がたくさんある中で、そのウォッチから知らせが来た場所に移動するの。そして、鏡の中の自分の真似をしなきゃいけない約束になってるの。その約束を守ることを条件に交代が成立するからちゃんと守ってね。細かいルールは標識に書いてるから見てね。じゃあ交代する？」

「うん。」

二人は鏡の中の自分と交代した。

第8章　運動会は何のため

かがみんたちは運動会の練習に向かった。今日は皆で協力大玉運び競争の練習みたいだ。皆で練習をしているとかがみんが同じチームの人に言われる。

「愛瑠今日は絶対速く走ってね。遅いと玉落ちちゃうんだから。」

「そうだよ。お前が遅いせいで転ぶし最悪だよ。」

すると同じチームの優華ちゃんが、

「皆、愛瑠ちゃんを責めないで。愛瑠ちゃんだって一生懸命走ってるんだから。同じチームなんだから皆が走りやすいように走ろう。」

「優華ちゃん…。」

かがみんは優華ちゃんの優しさがとても嬉しくて心が温まった。

「しょうがねえな。愛瑠どれくらいの速さなら走れる？」

「これくらいだよ。」

「分かったこの速さに合わせようぜ。」

「えー。合わせるのー？。」

「しょうがないだろう。これでいいんだろう優華。」

「うん。でも…。」

「何だよ。」

「ううん。何でもない。」

体育が終わり、優華ちゃんがかがみんの元へ来た。

「愛瑠ちゃんさっき皆にうまく伝えられなくてごめんね。」

「えっ何で優華ちゃんが『皆が走りやすいように走ろう。』って言ってくれたおかげで走りやすくなったよ。それに私のことを頑張ってるって言ってくれて嬉しかったし。」

「でも、皆いやいや仕方なくってやっていたから『その気持ちは良くないよ』って言えれば良かったのに言えなかったから。」

「そこまで私のこと。嬉しいありがとう。その気持ちが嬉しい。優華ちゃん本当にありがとう。大好き。」

「私も愛瑠ちゃん大好き。一緒に頑張ろうね。」

「うん。」

かがみんは授業が終わると愛瑠にこのことを話した。

「かがみん。私も嬉しい。今度頑張って出てみようかな。」

「うん。それがいいよ。」

「ねえかがみん。運動会は絆が深まる行事なのかもね。」

「そうだね。」

一方鏡の中のみちると仁森君も体育を終えて二人と交代した。

二人はしばらく鏡の中の自分と運動会練習のたび交代していた。仁森君の鏡の中の人が仁森君に言った。

「運動会の練習、疲れるけど楽しいよ。ずっと鏡の中にいたから分からなかったけど、出来なかったことができるってこんなに楽しいんだね。」

「えっそうなの？　出来るようになるの？」

「うん。何度も繰り返し練習したら出来るようになるんだよ。その時の感動は天まで飛べるくらいの気持ちだよ。」

「そんなに!?　なら俺もやってみたい。次回から出るよ。」

「いいね。やってみなよ。今度感想聞かせてよ。」

「うん。」

仁森君も運動会の練習を頑張ることにした。でもみちるはまだ交代していた。何を鏡の中の自分から聞いてもやる気が起きないのだ。

運動会当日、みちるは出ないと決めて鏡の中の自分と交代することにした。途中愛瑠がみちるの元へ来た。

「みちる。みちるもやろうよ。運動会。すごく楽しいよ。みちるのお母さんも来てるよ。お母さんに頑張ってるとこ見せようよみちるの大好きなお母さんが応援してくれてるよ。」

「お母さんが応援してくれてるの？」

「うん。うちわで応援してるよ。」

「そうなんだ。じゃあ頑張って出てみようかな。私も応援されたい。」

「うん一緒に出よう。それに、私みちると出たいもん運動会。思い出作ろうよ。」

「うん。」

　愛瑠は鏡の中のみちるを呼んできた。

「みちる、交代しようあれは私じゃなくみちるへの応援だから。」

「うん。ありがとう。きゅるるんきゅるるんきゅるるるん。」

「みちる行こう。」

「うん。」

　三人は運動会を終えるととてもやり切った顔をして笑みがこぼれていた。

第9章　チョコレート作り

「ねえ、かがみん。かがみんは料理できないの？」

「うん。鏡の中だからね。鏡でたまに料理作っている姿を真似するだけかな。しかも映る瞬間だけのだから実際に料理は作らないの。」

「そしたらさ、鏡をずっと持って映るように料理作ってたら出来るかな?」

「それは出来るけど実際の物を使うときと空のボウルで混ぜるふりしたり、元々出来上がったものを混ぜたりいためたりするふりをするだけになるかな。」

「そうなんだ。でもそれも楽しそう。あっいいこと考えた。交互に交代しながら作るのはどうかな? 学校には向かわなければいけないけど、交代しやすい段階で交代するの。例えば切り終わったら1回冷蔵庫に入れてから交代とかどう?」

「いいね。そうしよう。ちなみにチョコ切るって何作るの?」

「バレンタインチョコレートだよ。」

「いいね。」

「じゃあ、今日おうちに帰ったら鏡持ち歩きながら作るから待っててね。ちなみに最初は私後半かがみんね。作り方はお母さんが教えてくれるよ。ちなみに、お母さんにはかがみんのこと、喧嘩して仲直りしたあの日に話してあるから大丈夫だよ。」

「うん。分かった。」

　放課後になり愛瑠は急いで帰った。愛瑠は三面鏡置き型ミラーを持って行きお母さんに持つのをお願いした。そして紙に（これからはじめるよ）と書き鏡に見せた。そして使う物を見せながら料理を始めた。お母さんは鏡を見えやすいように傾けながら説明をしている。チョコレートを細かく刻み、クッキーを細かく砕き終えた段階で冷蔵庫に砕いたチョコを入れておき、愛瑠はお母さんに伝え学校に向かった。

「かがみんお待たせ。次は砕いたクッキーに溶かしたバターを加えてタルトの形を作る工程だよ。頑張って。」

「うん。頑張る。ちなみにこっちはバターと黄色い水が届くから溶けたバターの時にその水を見せてね。そしてクッキーの砕かれたものにその水をかけて潰す真似をしてね。そしたら似た形の粘土みたいの渡されるから型に入れてね。」

「うん。分かったよ。面白そう。」

そして二人は交代し、家にかがみんは帰り、料理の続きをした。

「あら、かがみんいらっしゃい。あの時はありがとうね。」

「うん。今日はよろしくお願いします。」

「そんなかしこまらなくていいよ。かがみんも私の娘よ。」

「ありがとう。嬉しい。」

かがみんはうれし泣きをした。

「あらあら、泣かないの。」

とかがみんを抱きしめる。

「さあ、料理を作りましょう。」

「うん。」

「まずはバターが柔らかくなるまでレンジで温めるわよ。」

「うん。これくらいかな？」

「うん。それくらいね。次は砕かれたクッキーにそのバターを入れます。そして手でぎゅうぎゅう押して固めるよ。」

「ぎゅうぎゅうーぎゅうぎゅうー。」

「ふふ。楽しそうね。」

「うん。楽しい。」

「そうそれは良かった。次は、それを袋から出して型に入れます。そして冷蔵庫で10分固めます。」

「わあ、粘土と全然違う感触。入れづらいけど楽しい。」

「でしょ。難しいことも楽しいそれがお菓子作りよ。」

「そうなんだ。お菓子作り好きかも。」

「あらいいわね。次は何作りたい？」

「美味しい物。私本物の食べ物あまり食べれないから。」

「そうなの？　鏡の中は何を食べるの？」

「真似の時は似せた食べ物であんまり美味しくないんだよね。」

「そうなのね。じゃあ、今日は美味しい物食べれるね。」

「うん。」

「良かったね。」

「そろそろ固まったかな。じゃあ、チョコレート溶かそうね。」

「うん。」

「危ないから火に近づきすぎないようにね。」

「うん。」

「弱火でそーっとそーっと。」

「そしたらその溶けたチョコを型に入れてね。」

「そしたら上に飾りにカラフルチョコスプレーを好きなものを選んでのせてみよう。」かがみんは大好きな星を散らした。

「次は冷蔵庫に入れて冷やします。」

「そして今度はホワイトチョコとイチゴチョコを刻みます。刻んだら冷蔵庫に入れて交代しようか。」

「うん。」

かがみんは二つ種類のチョコを刻み冷蔵庫に入れて学校に向かい愛瑠と交代した。

「愛瑠おかえり。チョコレート溶かそうか。」

「うん。」

「鏡の中はどうだった？」

「偽物だけど面白いよ。」

「そーう。良かったわねー。あっチョコ溶けてきたかな？　そしたらこのアルミ箔カップにそれぞれ別々で入れようか。」

「うん。入れたよ。」

「早いねー。そしたらその上にビスケットをのせてカラフルチョコをのせるよ。」

愛瑠は動物の描かれたビスケットとカラフルチョコスプレーをのせた。

「後は冷やして固まったらラッピングして出来上がり。」

チョコレートが出来上がりラッピングをしたチョコをテーブルの上に置き学校に向かい交代した。かがみんがお家に着くとテーブルの上に（かがみんへ。出来たよー。二人の傑作だね。かがみんもどうぞ。）と書かれた紙とラッピングされたチョコがあった。

「かがみんどうぞ。一緒に食べよう。」

「うん。お母さん。」

「一生懸命作ったチョコレートはどう？」

「美味しい。幸せな味がする〜。」

「フフフ。それはそうよ。可愛い。」

お母さんはかがみんの頭を撫でた。かがみんは思った。

（料理ってこんなに楽しくて幸せに出来るんだ。）と。

第10章　質問

あれから月日が経ち愛瑠は小学3年生になった。最近は交代せず授業を受けていた。

だが、算数だけは交代していた。かがみんはどうしてなのか気になり聞いてみた。

「愛瑠何で算数の授業出ないの？」

「分からなくなったから。」

「そしたら先生に分からないとこを聞いてみたら？」

「聞くなんてできないよ。言いづらい。」

「どうして？」

「質問したら空気が静まるじゃん。」

「でもそれは皆も聞きたいからじゃない？」

「違うよ、何この子って思ってるんだよ。」

「そうかな？　じゃあ実際に皆に聞いてみたら？」

「嫌だよ、怖いもん。」

「何で？」

「だってどう思われるか怖いから。」

「そうかあ。じゃあさ、自分が聞かれたり質問受けたらどう思う？」

「それは嬉しい。だって本音で聞いてくれてると思うと私と向き合ってくれてるって感じるもん。それに質問は自分を頼ってくれてるって思うから。」

「でしょ。だからそんな悪く思う人はいないんだよ。あとは大丈夫と思う勇気だけだよ。」

「そうだね。私、皆に聞いてみる。」

愛瑠はそういうと教室に戻り息を吸い胸に手を当てて大丈夫と言い、皆の前で聞いてみた。

「ねえ、皆授業中質問するとどうして静まるの？」

一瞬空気が静まった。愛瑠は（やっぱり聞かなければよかった。）と後悔した。だがその瞬間みちるが口を開いた。

「えー、何でだろう？　考えてなかった。皆はどうしてか分かる？」

すると仁森君は言った。

「俺は何を聞くのかな？　同じこと疑問に思ってるのかな？　って感じてるからかな。」

「俺も何かな？　って思う。」

「私は声をよく聞こうとしてるからかな。」

「私は人が話してるから静かにしてるだけだよ。」

皆の話を聞いて愛瑠は思った。（みんな思ってるよりなんとも思ってないんだなあ。）

「皆ありがとう。ちょっと気になったから聞いてみたんだ。」

「確かにって思って面白かったよ。」

「うん。」

「私も。」

「俺も。」

「良かった。」

愛瑠は思った。（聞いてみて良かった。かがみんの言うとおりだな。）と。愛瑠はその後かがみんになんともなかったことを伝え質問するのをやってみることを伝えた。

次の日、愛瑠は先生に分からないとこを聞いた。すると疑問も解決し授業が分かるようなってきた。その後も分からないことは分からないと言えるようになった愛瑠の表情は明るかった。

第11章　好きな人

愛瑠は今年の冬に好きな子が出来た。それは今年の冬に転校してきた市井朽木《くちき》くんだ。朽木君はとても物知りで豆知識をたくさん知っていて勉強が出来る頭のいい子だ。愛瑠は朽木君の物知りなところに惚れたのだ。愛瑠は最近朽木君のそばにいて全然かがみんに会いに来なくなった。かがみんは寂しさがありながらも幸せなことだからと我慢していた。そんなある日、愛瑠が朽木君を連れて会いに来てくれた。かがみんはすごい嬉しかったが、それを表情に出さず、逆にむっとした顔をしていた。

「かがみん久しぶり。あれ？　怒ってる？」

「うん。もちろん。だってずっと来ないじゃない。何？　彼氏見せびらかしに来たの？」

「何その言い方。ひどい。そんなんじゃないよ。彼氏が出来たから、かがみんにいち早く伝えたかっただけなのに。」

「さんざん私をほっといて今更何よ。彼氏見せられてもね、嬉しくなんかないんだから。」

「ひどい。じゃあもういいよ。帰ろう朽木君。」

「えっでも。俺かがみんと話してみたい。すごい、どうなってるの？」

すると愛瑠は、鏡に興味津々な朽木君の腕を引っ張り無理やり連れて行く。

「いーくーよー。ってば。」

「分かったよ。痛いな。かがみん。じゃあね。」

「じゃあねもいらないの。」

そして愛瑠は行ってしまった。愛瑠が行った後、かがみんは大泣きした。

「うわーーーん。こんなはずじゃなかったのにーー。私のバカーー。ほんとはすごく嬉しいよ。うわーん。」

その日、1日、愛瑠が通る鏡がすべて割れた。そしてそれがきっかけでどちらもの世界に大事件が起きた。

第12章　恋愛は時にいろいろ

「ねえ、愛瑠。なんか愛瑠の通る鏡全部割れてくよ。怖いよ。ほら窓ガラスも。かがみん大丈夫かな？」

「知ってる。かがみんは大丈夫。ほら説明したじゃん。真似できなかった鏡はどちらの世界も割れるの。それに守ってくれる人がいるから大丈夫。少し静かにして。」

と愛瑠は怒りながらどんどん歩いていく。

「でもさあ、これ危ないよ。」

と言う朽木君の言葉も無視して家まで朽木君と帰った。

次の日テレビでニュースになっていた。『とある小学生が歩くと鏡が割れる』と。明らかに愛瑠のことだった。すると愛瑠の家の電話がたくさん鳴り響いた。家の周りにもたくさんの記者がいた。そして家の鏡もたくさん割れてまるで泥棒が入ったようにガラスの破片が散らばっている。愛瑠のお母さんは愛瑠に昨日『鏡が割れていくけどかがみんちゃんと何か喧嘩したの』とたずねたが、愛瑠は『皆でかがみん、かがみん、何よ。』と部屋にこもった。

次の日、愛瑠が朝起きて見た光景がこれだ。愛瑠はようやく冷静になって状況を把握した。愛瑠は階段から降りた。

「お母さん、ごめん、私、かがみんに嫌いって言っちゃった。だからかがみん泣いてるんだよ。ごめん行かなきゃ。」

「待って、一人じゃ危ない。お母さんも行く。」

「乃愛も行く。お姉ちゃん泣かないで。」

「ありがとう。乃愛。だけどね、乃愛は危ないからおうちで待ってて。お母さんと行ってくるから。」

「そうね。あぶないからお父さんといてね。」

「待ってような。」

「うん。」

二人は学校の鏡に向かおうとした。だが学校の先生が家の前に来ていて止められた。家に入ってもらい、かがみんの説明をしたが信じてもらえなかった。学校はとにかく休校にするそうだ。愛瑠の出入りも禁止された。先生たちが帰りどうしようか考えている時、窓から誰かが入ってきた。それはみちると仁森君と朽木君だった。

「三人ともどうしたの？」

「こっちのセリフ。」

とみちると仁森君は言う。

「状況説明しよう、愛瑠。」

「うん。」

愛瑠と朽木君でかがみんとの出来事を話した。そして、愛瑠は鏡の世界のルールをもう一度説明し、愛瑠は泣いて真似できないのではないかと話した。それと今日の今の状況を話した。

「なるほどね。じゃあ分かった。私と仁森君と愛瑠ちゃんのお母さんで先生を引き留めるのと説明をして信じてもらう。その間に愛瑠ちゃんと朽木君でかがみんとこ行って。」

「おう。ちなみに抜け道知ってるから一緒にいこう。」

「うん。」

皆で作戦を練り学校に向かった。

学校に着いて作戦通り動いた。先生を引き留めてる間にこっそり抜け道から行き、かがみんのもとに着いた。鏡の中ではかがみんが泣いていて、隣には鏡の中の守り人のおじさんがいた。かがみんは愛瑠を見かけて立ち上がった。

「あっ愛瑠？　っグス」

「かがみん。」

「ごめん言い過ぎた。」

二人は同時に謝った。

「えっ？　私の方が悪いのにどうして？」

「かがみんは悪くないよ。ずっと会わなかったから寂しい思いをさせちゃったしそれに嫌いなんて言ってごめん。」

「私こそごめん。本当は彼氏紹介しに来てくれたの嬉しかった。なのにあなたの彼氏に嫉妬してたの。ごめん。なんか私の大好きな愛瑠が取られた気がしたの。」

「取るつもりなんかないよ。二人の仲は引き裂いたりしないよ。」

「愛瑠も離れたりなんかしないよ。でも最近確かに朽木君しか見ていなかったかも。ごめん。でもね、それでもかがみんのことはかけがえのない大切な親友だよ。その気持ちはずっとあるから。」

「二人ともありがとう。」

「あのね、かがみん私かがみんとしばらく会わなくて気付いたの。好きな人がいても私にはかけがえのない友達と親友もいる。どちらもいなくてはならない存在なんだってね。それにふいに話に出るの。かがみんの話や友達の話が。それだけ好きなんだなって感じたの。もう一人にしないからお願いだから泣かないで。かがみんが悲しいと私も悲しい。」

「愛瑠ありがとう。同じくらい私も大切だよ。大好き。」

二人は手を合わせてほほ笑んだ。

「んっんん。ハッピーエンドな時に申し訳ないんだが、大事な話があるんだよ。ごめん聞いてくれるかい？」

と守り人のおじさんは言う。

「大事な話？」

二人は不安そうに聞く。

「実は鏡の中ではルールがあるんだ。交代契約をした人たち向けのもね。交代契約した人たちはもし鏡が無数に割れた時は交代をできなくする。お互い会話できなくするというルールがね。」

「それって…。」

「そう。ルールが破られた今。そうなるってこと。」

「そんなの嫌。どうにかならないの？　ごめんなさい。直すの手伝うから許して。」

「そう言われましてもね、お二人さんルールですから。そうしないとこのシステムや鏡が割れていくことがバレて大変な事態になりますから。現になりかけています。」

「そんなの嫌だよ。」

「俺からもお願いします。騒ぎは俺がどうにか収めます。」

「どうやって収めるつもり？」

「それは…。」

「賢い君でも無理だろう？」

「…。」

「さあ、それじゃあ別れの挨拶してね。」

「嫌。」

「あっ、騒動が収まるまでは交代しないのは？」

「ですが…。」

するとと先生たちが来た。

「だっ、誰だ、愛瑠以外が映ってる。それに鏡の中の愛瑠が違うポーズになっている！」

「ほら、先生信じた？」

「これを見たら信じるしかないな。」

守り人は焦った。

「どっどういうことだい？」

「あっこれは…。」

愛瑠は説明をした。

「まいったな。君たち大人にも話したなんて大人が一番怖いのに。」

「どうして？　おじさんも大人だけど怖くないよ。」

「いやいや、あのね、テレビ局とか社会にまですぐ連絡したりするからさ。それは困るんだよ。」

「ねえ、おじさん、おじさんが心配してるのは、この世界のシステムがバレることだよね？」

「はいそうです」

「じゃあさこういうのはどう？」

愛瑠は続けてある方法を提案した。その方法は、自分が鏡の前を通り、割れないところを見せるという方法だった。そうすることで、今までの現象は偶然だと思わせるという戦略だ。その方法を聞いたおじさんは、

「分かりました。でも失敗すれば、世間の皆さんやあた達の鏡に関する記憶を消します。いいですね？」

と愛瑠に条件を言った。すると愛瑠は、

「うん。分かった。それでいいよ」

と真剣なまなざしでそう答えた。

愛瑠は報道陣の前に出た。そしてこう言った。

「私が通っても鏡は割れません。ほら見てください」

そう言い愛瑠は道路のカーブミラーの前を通った。そして戻ってカーブミラーの前で手を振った。

「ねっ！　割れないでしょ？」

そう言い報道陣を見た。

すると報道陣は肩を落とし「なあんだ、ただのデマかよ」「割れてない……偶然だったのか」と呟き残念そうに去って行った。

どうやら作戦は成功したようだ。

愛瑠は嬉しそうにカーブミラーに向かってピースした。


それから時が過ぎ、あの騒動は何だったんだろうなあくらいで終わり、だんだんと世間から忘れ去られていった。こうして愛瑠たちの日常も元に戻り愛瑠とかがみんはまた交代出来たり話せるようになった。愛瑠は今までの空いた期間を埋めるかのようにたくさん話した。

最終章　時と時間

あれから愛瑠は思った。かがみんとの会える日々は当たり前じゃないんだなと。そしてあることに気付く。卒業後のことをだ。

「ねえ、かがみん、私が小学校を卒業したらどうなるの？　かがみんと話せる鏡はこしかないいし交代もできない。どうなるんだろう。寂しいよ。」

「じゃあ、小学校に遊びに来てよ。そしたら話せるし交代出来るよ。」

「そっかあその手があるね。でも話せる時間はうんと減っちゃうなあ。」

「そしたらさあ、料理したときみたいに紙に書いて私に話しかけてよ。返事はあった時にしか伝えられないけどさ、寂しさは少しまぎれるよ。私を見てくれてる感じもするし。私もその分たくさん会えた時に話すから。」

「うん。それいいね。そうしよう。あとさ、たまにはまた交換して中学校見に来たりしてね。」

「もちろん。」

「かがみん、これから卒業の年までにたくさんたくさん思い出作ろう。そしたら待ってる間に思い出せるし会うのがもっと楽しみになるでしょ。」

「いいね。そうしよう。」

それから二人はたくさん思い出を作った。初めてのリコーダー発表会も交代して楽しんだり友達を呼んで皆で話したり、学校祭を楽しんだり、宿泊学習、修学旅行などいろいろ交代して楽しみお互い学んだ。時は過ぎ、愛瑠は6年生になり今日は卒業式だ。

「愛瑠、卒業おめでとう。」

「うん。かがみんも小学校卒業おめでとう。ここには残るけど。」

「ずっと同じとこだけど。」

二人は笑いあった。

「あっ、かがみん。私中学入ったらテニス部入るから、かがみんも交代してやろうね。たくさん遊びに来るから。」

「うん。ありがとう。」

「じゃあ、またね。」

「うん。またね。」

二人はいつものように別れた。だっていつだって会えるから、そう思う二人だった。

中学になってからは会える時間は減ったが前と変わらず話したり交代もした。親友から大親友になるまで絆も深まった。時間より濃さの方が勝つ、そう思った二人だった。

あれから数十年後

ある一人の少女が（たった1枚の鏡。その鏡に出会い、─私はいい人生を送りました。）というタイトルの本を手に取った。少女は鏡に手を当てた。

「きゅるるんきゅるるんきゅるるるん」

鏡から光が差し込んだ。

妖精と動物の世界

第一章　優しさを知る。

僕は今日出所したばかりだ。

僕は、世間からすると極悪な犯罪者だ。

世間の人たちは皆、犯罪者を悪い人と判断する。それが当たり前の世界。そして、死んでほしいとか、一生反省することを要求している。時には苦しみながらその子の分まで生きろと言われる。残酷だ。僕からすると、とてもとても息苦しい。息ができない。僕は僕は……。

僕はそんなことを考えしばらく歩いた。ずーっと歩いた。途方もなく……。しばらくすると、周りの景色は森だらけ、前を見ると、光の道が見える。そこを通る。するとそこには天国のような美しいきれいな森が見えた。とても僕にそぐわないような。そしてそこにはたくさんの動物たちとたくさんの妖精がいる。僕はウソみたいで信じられない。まさか妖精がいるなんて。クマと小鳥が遊んでいる。ライオンとシマウマが戯れている。

妖精さんがそばにきた。

「初めましてあなたは誰？」

「僕は２６７９番あっ間違えた、なんだったっけ忘れた」

「２６７９番？　なんで番号？」

「あっ。つい癖で」

「僕刑務所にいたので」

「そうなの？　刑務所は分からないけど、癖なのね」

「うん」

「でも何で番号？」

「刑務所に入った受刑者はみんな番号で呼ばれるんだ」

「そうなんだ」

「せっかく名前があるのに不思議ね。名前はおもいだせないの？」

「仕方ないんだ、犯罪を犯した僕が悪い」

「犯罪ってそんなに悪いの？」

「もちろん悪いことをしたからね」

「だからといってそんなに責める必要ないと思うなあ。あなたが番号で呼ばれる必要も。だってもう十分反省しているじゃない。それに皆誰しも間違いを犯すもの。名前もせっかくあるんだから」

僕はそんなこと初めて言われた。なんだか心の荷物が下りた気がする。僕は僕でいいんだ。「ありがとう。」

僕はやっと微笑んだ。

「でも名前思い出せない」

「そうなのね。そしたら思い出すまで名前新しくつけよう。ここの子達もね、名前がない子もいて皆でつけたりしているんだ。皆おいで」

すると、いろんな動物や妖精たちが、ぞろぞろ集まってきた。

「この子ね、名前思い出せないの。思い出すまで新しい名前を考えよう」

いいねぇーとみんなが言う。そして皆優しく声をかけてくれた。初めましてや、名前は何がいい？　と。こんなにあたたかく寄ってこられたのは初めてだ。「みんなありがとう。嬉しい。」

僕は涙する。

「どうしたの？　大丈夫？」みんな心配そうに聞く。

「こんなにあたたかくて優しい言葉初めてだから嬉しくて。ずっと罵倒されてきたから。」「そうだったんだね。でも大丈夫。ここの皆はそんなことしないよ」

うんうんと皆励ましてくれた。

「ありがとう」

僕はまた嬉し泣きをする。

「さあ名前を決めましょう」

第二章　名前

名前を皆に決めてもらった。優しいに光でゆうこうと名前をつけてくれた。優光いい名前だ。でも……。

「僕なんかに、こんな美しい素敵な名前貰っていいのかなあ?」

皆優しいほほえみで、

「いいんだよ」

と言ってくれた。妖精さんは、

「いいんだよ。これからは、あなたに、優しい世界に出会ってほしいし、自分にも優しくしてほしいから。そして、あなたに、幸せの光をたくさん浴びてほしいから。ずっと自分を追い込み周りに罵倒されてきた君だからこそ、幸せの光と優しさに出会ってほしいんだ。それにね、自分に優しくなれたら人にも優しく自然にしたくなるし、優しさに包まれると、なんだか心があったまるからね。そういうみんなの願いが込められている名前だから」

それを聞いて僕はなんだか嬉しくなったと同時に、名前に愛着が湧いた。

「皆素敵な名前つけてくれてありがとう。皆が考えてくれた思いがすごく嬉しいよ。」

また涙が出た。

「泣きすぎだよ」「泣き虫だなー」

と皆が言う。違うよーと僕は、笑い返す。久しぶりに、笑った。こんなやり取りをした。なんだか心が弾んだ。

「そういえば、皆の名前は？」

じゃあ私から妖精が言う。

「私はティアナ。お母さんがティアラのように美しくって考えてくれたの」

嬉しそうに母に、ねっと言う。

「そうよ、うちの子には世界一なくらい美しく育ってほしいからね。だって自分の子は可愛いからね」

「お母さんたら」

仲良しな二人が微笑ましい。羨ましくもある。

「いいなあ。二人は仲いいね」

「えっそうかなあ？」

「うんそうだよ。僕は親に煙たがられていたから羨ましいな」

「そっかあ、それは辛いわね。でももう大丈夫。ここは、皆家族みたいな人たちがいっぱいいよ。だから私にも、新しい親のように思っていいわよ」

とティアナの母がいう。

「ありがとう」また、ほっと心が温まる。

「ちなみに私は真夜《まよ》。真夜中に生まれたからとても単純で面白いでしょ」

「うん」

「とても単純だけど、私はその単純なつけ方が面白くて好きだし大切にしたいなって思うんだ」

「へー。素敵な考え」

するとライオンも、

「俺も同じだよ。単純にムーン。母が月が、好きでそうなづけられた。でも俺もその名前が大好き」

犬が言う。

「僕は最初名前がなかった人間世界のいわゆる野犬って言われていたくらいでも飼い主ができて名前の喜びを知った。僕は海咲《かいさ》。海を駆け回れるくらい元気になってほしいという願いと、私たちの心の花を咲かせてくれたからって由来なんだ」

それから次々名前が飛び交う。どれも素敵な名前で人それぞれ名前のつけ方と思い方が違くて、面白かった。名前ってとてもいい宝物だと思った。名前の捉え方も皆プラス思考でとても聞いていていて心地よかった。

第三章　命に感謝を

それから時が過ぎ、馴染んでいた僕がいた。ある日、ふと疑問に思っていたことを思い出す。僕はライオンのムーンに聞いてみた。

「ねえ、ムーン、ムーンは肉食系でしょ？　だけどシマウマのララと仲良しだよね、食べたくならないの？」

「何を言ってるの食べないよ。だって友達だもの。そりゃあね、しまうまを食べることもあるけども、友達や仲間をいくら何でも食べられない。可哀想だもん」

「でも、シマウマは、食べるんだよね、同じ仲間を食べるの？」

「うん同じ仲間を食べることにはなるけどここの皆は許可を得て食べているんだ。ここでは、自分がもし、死にそうな時、死んだとき、魂が動かない時、食べられていいかどうか決めてカードをもらうことが出来たり、友達やあげたい人に約束することができるんだ。そして、その時が来たら食べられるんだ。そして、妖精さんに臭みと食べられる状態にでる粉をかけて貰ったり、薬草で、臭みをぬいて、食べることが出来るんだ」

「へーなるほど。そうやって皆生きていられるんだね、でもどうしてもお腹すいている時はどうするの？」

「その時は自分にとって食べたこともないものでも食べてみたり、他の草とかを妖精さんに食べ物に変えてもらうのさ」

「そうなんだ。それでも自分の好きな味が目の前にいたら食べたくならないの？」

「それはならないよ。それ以上に大切な大事な友達と仲間だから。だからこそ食べる日が来たときは辛いし悲しい。だから感謝をして食べるんだ。人間だって豚を飼ったりすると食べられないだろう。でも食卓には並ぶ。だから感謝のいただきますっていうんだろう？　だから友達や仲間はできるかぎり食べたくないだろう？　そしてその人の願いなら叶えたいよね。その感情と同じさ」

「そうだね。確かにそう言われてよくわかったよ。教えてくれてありがとう」

僕は、感謝の気持ちを改めて深く感じた。友達への大切さも身にしみた。そんなことを忘れて僕は何人もの人を殺していた。

「大丈夫？」と声がした。振り向くとムーンが心配そうな顔で僕を見ている。

「暗い顔をしているから心配で」

僕はそんな顔をしていたのか。

「うんちょっと君の話をきいて、命の大切さに気付いたら、僕が何人も人を殺してしまったことにその人たちにどう伝えたらいいか家族にもその人たちの仲間にも。もうわからなくて自分が生きていいのかわからなくて。こんな幸せに過ごしていいのか」

僕が泣きながら話すとぽんぽんと肩をたたき僕に、

「大丈夫大丈夫。君がそのひとたちの命の大切さを分かっているなら。ごめんね申し訳ないより、その分皆にありがとうと思って、経験として学びとして元気に日常を楽しむ方が、その人たちへの感謝の恩返しになるよ。きっとね」

「だから暗い顔をしない、そうだ胸に手を当ててありがとうって一緒に叫ぼう」

へ？　僕は驚いた。

「ほーら、いうよ胸に手を当てて、せーのありがとーう」

僕も叫ぶ。胸に手をあてその人たちに感謝し、

「ありがとーうありがとう。ありがとう」

僕は涙を拭いて、にこっとし、ぺこりとお辞儀した。

「さー新たなスタートだこれからもいろいろ経験してこうな。そして楽しもう」

「うん」

僕はムーンの言葉に救われた。

第四章　生きる道

ある日僕は、空腹で倒れそうになった。

「大丈夫？」と声をかけてくれたムーン。

「お腹すいているの？」

「うんとても」

「じゃあ、食事を探しに行こう。雑草をまず摘もう」

「うんでも美味しいの？」

「料理方法で何でも美味しくなるよ。要は食べ方の工夫次第」

「へー」

「次は食べられてもいいよというカードのリストを見に行こう。それは、集会所に貼ってあるんだ」

僕たちが、集会所につくとリストが貼ってあった。そこには、だいたいの居場所もしるしてある。そして死んだというマークがついている。僕らはその場所に向かう。

「いた。ライオネルだ」

そこには、死んだライオンがいた。

「知り合い？」

「知り合いも何もここの皆家族みたいな感じだからね」

「あっそか」

「ライオネルはここの皆の相談を聞いてくれていたライオンの中の最年長さ」

「そうなんだね」

「僕もよく聞いてもらっていた」

と涙目で話すムーンに、僕は背中をなでる。

「大切な皆に愛されたライオンさんなんだね」

「うん」

ただただ僕はさすることしかできないが落ち着くまで寄り添った。気が付けば周りにはたくさんの動物たちがいた。皆涙を浮かべながらお別れをつげた。少し落ち着いたころ、

「さあ、食べよう、まだ新鮮なうちに食べてあげよう」

と涙を流しながらありがとうと言葉をかけて。そして、二人で食べる分を切り分けて残りを他の皆にあげ、雑草と一緒に持っていく。

「さあ、料理を作ろう」と雑草をフミフミして、果物をフミフミして、混ぜて、肉を切り裂き、和えた。「そして僕はこれに美味しい粉を妖精さんに頼んで、かけてもらう予定だけど、他に美味しくできる方法ある？」

と聞かれ、

「僕ならそれを丸くして、火を熾して焼くかな」

「火って何？　焼くって何？」

「火は赤い色で、とても熱いもの、焼くのは、今僕がやること。まあ、見ていて、その前に妖精さんに粉お願いしたいんだ、呼んできて貰える？」

「うん。もちろん。まっていて」

「うん。その間に火をおこしているよ」

「火っておこせるものなの？」

「うんまあね。お楽しみにしていて」

「うん」

木をこすり火をおこして焼く準備ばっちりだ。するとムーンがティアラを呼んできてくれた。二人は火を見てびっくりしていた。

「これが火だよ。熱いから触らないでね」

二人は目を輝かせて、

「すごーい」と驚いていた。

「ねえ、今度私にも教えて」

「僕にも」

二人にそういわれ初めて僕にも手伝いができるんだと思い頼られたことに嬉しくな

り、満面の笑みで、

「いいよ」といった。

「あっ美味しい粉かけて」

「いいよまかせて」

「美味しい粉が出せるなんてすごいね」

するとs嬉しそうに、

「ありがとう。火をおこせるのもすごいね」と言った。

僕は照れくさそうに、

「ありがとう」と言った。

そのやり取りにやきもちをやいたムーンは、

「いいなー僕もほめて」

と言った。二人でその姿に可愛いといじりながら、

「ムーンもここまでレシピを考えられるなんてすごいよ」

「ありがとう」と言った。

褒められるって褒めあえるって、素敵だな。そう思った。そうしながらも、丸めて
木にさして焼きにはいる。二人は焼いているのを見て目を輝かせている。焼き目がど

んどんついていく。それに美味しそうと二人は言う。

「はい出来上がりこれが焼く工程そして色が変わったから出来上がり、はいどうぞ」と渡す三人で一緒に食べた。とても美味しかった。普段食べたことのない雑草やライオンのお肉は最初は美味しくなるか不安だったが、実際食べたら美味しかった。何もかもどう工夫をするかが重要なのかもしれない。美味しくなる工夫で乗り越え、悲しみもあるけど、感謝して味わう。その皆の生活が大切だと思った。自分ももっと困難を違うふうにかえて乗り越える力が、助け合う、お互いの良いところを見つける言葉にする力が、必要だったと感じた。

第五章　未来へ進むには

僕はここで過去の生き方の間違いに気づき、いろんなことを学んだ。過去には戻れないけど生き方を変えることは今からでもできる。過去の自分と同じように殺してしまう前に伝えておきたい同じような道にしないように助けてあげたい、そう僕は思った。僕は僕みたいな人たちを、この世界に連れてきてあげたいそう思い皆に相談をした。

　すると皆が、

「いいね」と言ってくれた。

　ムーンが言った。

「そうするにはまずその人たちを見つけてコミュニケーションをとらないとね」

　それを聞き確かにと思い考えているといい案が浮かんだ。

「あっそうだ！　僕がその人たちを見つけてまず話してみてそれからここに連れてきてみるよ。僕は同じような感覚を空気で感じたりするからそうしてみようかな」

「いいね！」とムーンが言ってくれた。

　みんなも賛同してくれた。

　そんな中、もう一つの方法をジーナという、元人間に飼われていた犬が伝えてくれた。それはネットにページを作り、苦しんでいる人間を嫌いになりかけている君へ、というタイトルを作り、コミュニケーションの場を立ち上げるというものだ。その案もとりいれることにした。

　さっそくまずは人を探しに出かけた。行ってらっしゃいと皆に見送られながら僕は探しに出かけた。

第六章　世界の窓

それから時が過ぎた。最初は声をかけてもなかなかお話ができなくてどうしたら、人の心に寄り添えるか苦戦した。その中でも話ができてついてきてくれる人もいた。そこまでいくと最初は戸惑う人もいるけど、動物たちと過ごすことで心を変えることもできた人もいる。ネットの方には僕の体験したことを書き込み、毎日ブログを更新した。するとたくさんの人が集まってくれた。実際に来てくれた人や興味本位で来た人たちの中には、心を変えられた人や、自分の安らぎになった人もいた。僕は、まだ経験を積むために、バイトの面接をたくさん受けた。すると、過去のことでたくさん落とされた。罵声を浴びせられた。悲しくなりまた苦しくなり、また過去の過ちに苦しんだ。でもそんな時に、いつもの皆の言葉に救われた。

　ある日ムーンは僕にこういった。

「人間たちの世界では許されないことと思う人が多いのかも知れないね。そして人間は皆、人を大切にできない人は人間じゃない魔物と解釈していたり、人の命は宝のように思っているのかもね。だから許せないのかもね。それは、そういう世界にしかいないから知らないだけで、しかたのないことだね。この世界や僕たちも知らない違う世界にいたら、また考えが違うのかもね。でも、その中でも違う思いを持つ人もいる。僕たちの中にも最初は許可なんていらないよと、我慢できずに食べる子たちもいた。そんな中僕らはたくさん話してみたり実際に体験してみないか誘ったりした。そしたらだんだん理解を示してくれた。そんな風にあきらめずに呼びかけると分かり合えてきたりするのかもね」

と言ってくれた。

ティアラはこう言ってくれた。

「あきらめずに頑張っているから今こういう風に心が変わってくれた人もいる。だからきっといつか、理解してくれる人間もいるはずよ」

とその二人の言葉で僕はまた頑張る勇気を貰えた。それからもっともっと面接や、ボランティアや、声かけを、頑張った。するとある日、ボランティアの菜穂《なほ》さんの紹介で、働く場所が決まった。そこは菜穂さんのお兄さんが作った会社で、何でも手助け屋という会社だ。その会社は悩み相談や子供預かりや物探しや、掃除やＤＩＹや雑用などいろいろ手伝う手助けをする会社だ。

第七章　初めての1人立ち。

　僕が働き始めて何日か過ぎた日、僕は初めて一人で仕事を任された。菜穂さんのお兄さんは、とても優しい人で、僕のことを、いつもサポートしてくれた。だから一人でこなせられるか、不安だった。それを察してくれたのか、僕の肩に手をのせて、僕の顔を見て突然変顔をしてきた。僕が笑うとニコリと微笑み。

「その笑顔いいね～」

　といい、

「大丈夫。心の中には俺がいる。そう思うと楽だぞ～ゾゾゾウさんパオー」といい
「お前の笑顔が一番さ。いってらっしゃ～い」

　と笑顔で見送ってくれた。僕は笑いながら、

「もう、笑悟《しょうご》さんたら一面白いんだからありがとうございます。行ってきます」と現地に向かう。

　依頼者のお宅についた。チャイムを押す。返事がない。僕はもう一度チャイムを鳴

らす。

「こんにちはー何でも手助け屋の優光でーす」すると、ガチャリとドアが開く、どうぞ、とだけいい案内された。

「失礼ですが、依頼主の町田隼斗《まちだはやと》様でお間違いないですか？」

「はい…」

「そうですか今日は物の整理をしてほしいとのことですが、こちらの部屋の整理でよろしいでしょうか？　具体的にどの部分を整理しますか？」

「部屋の散らばりをキレイに整えてほしい」

「はい分かりました。ではここで作業に入らせてもらいます。何か要望があればお気軽に声をかけてください」

「はい」

「もし、話しづらければ紙に書いてここに置いてもらっても大丈夫です」

というとコクっとお辞儀をし、隣の部屋へいった。作業を始めしばらくすると、後ろに紙が置いてあることに気づいた。その紙には、

（ものをさがせるようにひらがなで、もののなまえを、かいてほしい

おおきい、じで、かいてくれるとたすかります
なるべくさがせるように）

と書いてあった。あっなるほど依頼者からか。でもここに来た気配が全くなかった。きっとすごい人見知りなんだろうな。もしかして人が苦手なのかもしれない。何だか僕の昔を見ているみたいだ。僕も昔は極度の人見知りだったのでどことなく親近感が湧いた。ところでひらがなで書かれていて、ひらがなを大きい字で書いてくださいということは、目が見えにくいのだろうか漢字がわからないのだろうか、とりあえず、色を字が見えやすい色合いの箱に収めたり、ポップ広告みたいにでかく目立たせるように書いて取り付けてみた。仕分けもなるべく着替え類文房具類と、おおまかに、分けて、その分けた場所に、細かくまとめた。そして、取りやすいようにしてみた。整理が終わり、隼斗様にお声がけをした。

「失礼します。終わりましたが、これでよろしいかみてもらっていいですか？」

「はい」

部屋を見てもらうと、浮かない顔をしていた。

「何か分かりにくい場所やもっとこれをしてほしいとか要望はありますか？」

と聞いてみたが、「大丈夫です」と言われてしまった。

僕は何かあるんだろうなと思い聞きたいが、どうすることもできないため、お会計をした。申し訳ない気持ちでいっぱいの中、何かできることをしてあげたくて僕は、彼に、

「あの、もしよろしければ、僕と手紙交換しませんか？　何だか寂しそうに苦しそうに見えて。勘違いならすいません。でも、なぜかあなたと話したいと思ったので」

彼はどことなく笑みを浮かべて、

「はい。私で良ければ、でも私…」

「大丈夫です。ひらがなで全部書きますよ」

「ありがとうございます」

彼は嬉しそうに言う。

「いえ、こちらこそ。あと僕結構人見知りで人とのやり取りもまだまだ勉強中なのでもし、傷つけてしまったらすいません」

「いえ、私も同じなので」

「そうなんですね、一緒ですね」

「はい」

「お互い支え合いましょう」

「はい」

「ちなみに僕住所がなくて、会社に僕あてに送ってくれますか？」

「え？　はい」

「あっ僕森の中の動物達と住んでいるんです。だから住所がなく。あっちなみに僕の住んでいる場所にもしよかったら来てみてください。動物がしゃべったり、草食動物と肉食動物と仲良かったり天使がいたりいろびっくりすると思いますが皆優しいので、ぜひ。ちなみにそこで経験したことを書いてあるのでもしよかったら見てみてください」と、ブログのアクセス方法と会社の住所をひらがなで書き渡した。

　彼はすごい不思議そうな顔をしていたが、「ちょっとあなたに興味があるので、最初は手紙のやりとりですが、よろしくおねがいします」といってくれた。

　僕のことに興味をもってくれたり、やり取りを承諾してくれて僕は驚いた。断られると思ったから、でも心を少し開いてくれた気持ちで嬉しかった。

「じゃあこれで」

「あっちょっと待って下さい」

　僕が振り向くと、もじもじしながら何かいいたげだ。

「ゆっくり待ちます話したいタイミングでどうぞあっそうだ、紙に書いても大丈夫です。」と言うとペコっと頭を下げ少し話した。

「実は部屋のことで……」しばらく沈黙が続く、そして3分くらいすると「実は私目が見えづらいのはもちろんなんですが、感覚過敏で、ちょっとポツポツした箱や四角いとげ、ポスカの匂いが苦手で。後、小さい頃、親が、学校に行かせてくれなくて、漢字はなかなか覚えられず、ひらがなでも濁音がまだわからずで」と恥ずかしそうに手をグーにしながら僕に勇気を出して話してくれた。

「そうだったんですね、それに気づけずすいません。話してくれてありがとうございます。隼斗様にとって素敵な場所を提供できるのでその気持が聞けてよかったです。人ってそれぞれ感じること苦手なことは違うから心の気持ちを打ち明けてくれるだけで幸せです。何も恥ずかしがらなくても大丈夫です。それもまた隼斗さんのすてきな個性ですから」

「ありがとうございます。そう思ってくれる人に出会えてよかったです」嬉しそうに言う。「はい。では始めさせてもらいますね」僕は作業に入る。

「あのもし、よければ」と、お茶とお菓子を出してくれた。

「ありがとうございます。程よい、いい香りのお茶ですね」

「はい。そのお茶の香りが一番いいです」

「感覚過敏だからこそこんな素敵なお茶を見つけられたと思います。素敵な個性だと僕は改めて感じます」

「ありがとうございます」

「あっちなみに、このマーカーの匂いは爽やかな香り付きなんですが、大丈夫ですか？　それか無臭のマーカーもありますが……」

「はい。これなら大丈夫ですどちらでもいけます」

「ありがとうございます。後は、大丈夫ですので別の場所でお待ち下さい。匂いとかあるので耐えられないかと」

「そうさせてもらいます。ありがとうございます」

作業を始めていく。確かにこのポスカの匂いはきついなと気づいた。そして箱もツルツル面にして、ポップも横にはみ出ないように丸くカットして作り直した。道具の名前の横にはわかるように絵を描いたり透明のタンスにしたりした。そしてよく使うものを聞き、それを分かりやすいように前に置いた。全部できたのでもう一度確認をしてもらった。

「ありがとうございます。とても素敵でわかりやすくて取りやすくて匂いもいい香りで、痛いとこも何もない素敵です」と涙しながら喜んでくれた。

「これからもよろしくおねがいします。優光さんに出会えて嬉しいです」

「こちらこそ隼斗さんと出会えて嬉しいです。これからは友達として隼斗さんと仲良くなりたいです」

「もちろん」

「嬉しいそれじゃまた」

「うんまた」

そして僕は今日の初めての一人の仕事を終えた。そして僕に友達ができた。

第八章　自然の学び

あれから、僕は隼人さんと手紙のやり取りをしている。何回か、やり取りしているうちに僕たちは、仲良くなってきた。今では、たわいない話もしている。隼人さんというの呼び方も今では、はやっちと呼んでいる。はやっちと僕は、たくさん似ている。親と上手くいかなかったところも、ネガティブなところも。似ていることでお互い悩みも話したり、お互い励ましあえるようになった。

　さあ、今日も仕事を頑張ろうと、仕事の作業に取り掛かる。カランカランと扉が開く、

「すいませーん」

「あっはい、ちょっとお待ちください」と僕はパソコンを閉じて、お客さんを出迎える。

「お待たせしました。ご依頼ですか？」

「はい。悩みの相談も頼めるとチラシで見たので」

「悩みのご依頼ですね、ありがとうございます。こちらへどうぞ」とソファーに案内した。依頼主の彼女は心が疲労しているように感じた。寝不足なのか顔も青い。なので僕は、はやっちが、お勧めしてくれたことのある心を穏やかにしてくれるオレンジブロッサムの香りのハーブティーを入れて依頼主にもっていった。

「どうぞ、お飲みください」

「ありがとうございます」ごくっと一口飲むと穏やかな表情になった。

「とてもいい香りで、心が落ち着きます。なんだか染み渡りますね」

「はい。こちらは、オレンジブロッサムのハーブティーでとても心を落ち着かせたり、疲れている体にきくんです」

「へー、詳しいですね。とても今の私にピッタリでなんだかうれしい。ありがとうございます」

「いえこちらこそ。喜んでもらえてとても良かったです」

「ご依頼を受ける前にお名前とどういった悩みか大まかに聞かせてもらっていいですか？」

「はい」

「それでは、名前、生年月日、住所、連絡先、おおまかな悩み内容、どんな人に聞いてほしいか、この、ご依頼用紙に書いてもらっていいですか？」

「はい。」

「書き終わりました。」

「ありがとうございます」

「内容と、名前を確認させてもらいます。名前は、宮本凜華《みやもとりんか》様で、内容は家族とのことでよろしいですか？」

「はい」

「そしてどんな人に、聞いてほしいかは、私ですね。ありがとうございます。とても嬉しいです」僕を選んでくれてとても嬉しくなりすごい笑みが満開だ。

それに気づかれて「本当に嬉しいのね。」フフと凛華さんは笑った。

なんだか恥ずかしくなり今度は頬を赤くした。

「とても正直な、感情豊かな人ですね」

「すいませんお恥ずかしい」

「恥ずかしくなんかないわ。とても素敵なことだと思います」

「ありがとうございます。」

「あなたならなんだか話しやすそう」

嬉しくて僕は「そうですか!?」っと前のめりに聞いてしまった。

凛華さんは笑いながら「もちろんです」と言ってくれた。

「ありがとうございます。それでは、一回資料を社長に渡してくるので、少しお待ちください」

「はい」

社長に報告すると、

「よかったじゃーん、よし、お前が担当しろ」

「はい」

僕は凛華さんの所へ向かう。

「お待たせいたしました。担当は私、優光といいます。よろしくおねがいします。」

「はい。よろしくおねがいします。ところで、苗字は?」

「実は、名前や苗字が、分からなくて、僕の家族みたいな仲間たちが、名前をつけてくれて」

「そうなのね。きっと、いろいろあったのね。いい名前ですね。優光さんの漢字にも愛が見えますね」

「ありがとうございます。それでは、凛華さんの悩み聞いてもいいですか?」

「はい」

「私の母の話なんですが、母は、いつも自分の理想の娘像を描いていて、私が理想と違う行動をすると、私にすごい怒りをぶつけてくるんです。そのうえ、ひどいときは、物を投げつけられこの前は、アイロンを投げられて、私は、母の物じゃないから自由にさせて、と訴えても、全然聞いてくれず、むしろエスカレートして、帰宅時刻も決められ、お仕事も決められ、面接場まで連れてかれて、盗聴器を私のカバンにつけられたまま、面接で逃げ出さないように監視されました。私はもう、たえられなくて、警察にも相談しましたが、家族のいざこざだろうと相手にされず。父は病気で、小さい頃に他界したのでいなくて、兄はもう、母に忠実で。自分で抜け出す方法がもう分からなくて」

「そうなんですね。辛かったですね。難しいですね。でも、その中で、凛華さんは、いろいろ意思を伝えてる。それってたいていの人は怖くてできなかったりするので、言えるだけすごい頑張ったと思います。ひとつ、話を聞いていて思いました。お母さんはきっと、自分の知っている世界しか分からなかったり、息子で成功したから娘もいけると思っているのかもしれないですね。だから、自分の世界じゃない意見を言われるとどうしても戻したくなったりするのかなと思いました。自分の思い描いていた好きなアニメの子の声の人を見て、違うとがっかりしたり、見ないふりをしたくなるのかもしれないなと思いました。そこで一つ提案があります。題して少しずつ、知らない世界を見せていく作戦。お母さんの理想の娘像の世界には寄り添いつつ少し違う世界に引っ張ってみるんです。お母さんが、されて喜ぶことは何ですか？　具体的にききたいです。例えば母の日に何かをあげると喜ぶなど。」

「んー、母は、頭がいいと喜んだり、何かに貢献したり、賞をとる。可愛い私を見ると喜びます。後、私と出かけると喜びますね」

「なるほど、そしたら、次に凛華さんがもし、自由に出来たら、したいことを教えてください」

「モデルになりたい。たくさんのいろいろなテイストのファッションをしたい。彼氏を作りたい。かな」

「なるほど、それは素敵な世界ですね。私もいつかモデルになる凛華さんを見てみたいです」

「そう？　ありがとう」とにっこり笑う。

「凛華さんのその自然な笑顔で、たくさんの人のまえで生き生き過ごせる世界にしたいな。そのために一緒に作戦を頑張りましょう」

「はい」と彼女は嬉しそうだった。

「作戦はまずこうです。凛華さんはモデルになりたい。お母さんは、貢献したり賞をとる凛華さんが好きということは、お母さんの知らない賞の取り方もあることを伝えるというのはどうですかね、そのためにまず凛華さんがお母さんに一緒に出掛けたいなーと誘いファッションコンテストを見に行きます。そして、二人で鑑賞しながらそれとなく、いい世界だね。といいます。そして好きなモデルのことをそれとなく語りましょう。そしたら何となくその世界も知ると思うんです。もし、見て、否定的でもお母さんの好きな部分にピックアップして、賞のところの話をしてみましょう。まずそれでやってみませんか？」「いいですねやってみましょう」

「よし、これでまずいきましょうか。その作戦実行後、電話でもいいので連絡ください。その前にもまた、何かあったらお話聞きますので電話でも、直接来ていただいても構いません。そして、命にかかわりそうならすぐ連絡ください。」「はい。ありがとうございます」彼女は安心したのか涙を流しながら、話してよかったといってくれた。

僕は彼女を慰めながら泣き止むまで話を聞いた。そうとう辛かっただろう。たくさんの不安を早く取り除いてあげたいと強く思った。

凛華さんの帰りを見送り、仕事に戻るとき、また一人の依頼者が来た。その人は申し訳なさそうにそろっと入ってきた。

「こんにちは、何かご依頼ですか？」

「はい。僕のネガティブな気持ちを変えるお手伝いしてほしくて、ただ、ポジティブな人のそばにいたくて。そしたら少し変わるかなと思ってきました。こんなご依頼、迷惑ですよね」と彼は帰ろうとした。

「いやいやいや、ちょっと待ってください！　迷惑なんかありません。そういう人こそぜひ利用してほしいです。僕たちはそのために人によりそって笑顔になる人を増やしたくこの会社で働いています。ぜひ、ご依頼ください」

「えっ、こんな依頼でいいのですか？」

「もちろんです」

「どうぞ、こちらのソファーにお掛けになってください」と僕は案内する。ちょうどその時、社長さんが来た。

僕はふとっさにこの依頼者の依頼にピッタリだと思い、つい「あっお客さん、うちの会社の社長さん、とてもポジティブマンなんで、ピッタリだと思います」とつい思っていた言葉を口走ってしまった。しかも、ポジティブマンなんて。まあ、よく、社長さんが自分でいうのだけれども。

「やーやーやー、どうもーポジティブマンです！　シャキーン！」と言いお客さんの隣に座り肩を抱き、

「どういったご依頼ですか？　何でもノリノリに受け答えできまっせ。どうぞ私ポジティブマンにどうぞどうぞどうぞゾーーーパオーーン」と言った……。

この人はある意味、すごいと思った。お客さんは驚く。当たり前だ。

「あっどうぞ、いい人なんで、話してみてください」

「あっはい。あのう僕すごくネガティブでそんな僕を変えてほしくてポジティブな人がそばにいたら変わるかなと」

「そうだったんですねー、それは、それは、僕にピッタリじゃないですかーそのご依

頼僕に任せてくださいさいさいサイ」

「あっはい。お願いします」

「よし、決まりー。ところで君の名は？」

「大石和馬《おおいしかずま》です」

「かっこいい名前じゃんいいね。ちなみに僕は佐々木優《ささきゆう》です。そしてあちらは、優しい光で優光、同じ優なんだ、すごいだろう？　運命でしょう？」

「あっはい」

「ちょっと、困らせないであげてくださいよ」

「はいはーい」

「よし、本題へいこう。まずは依頼書類に記入をお願いします。ちなみに依頼内容はネガティブを変えたいでいいよ」

　僕は、社長に任せることにし、テーブルにお茶だけ出した。今回は、和馬さんが、可愛いものをたくさんつけていたので、フルーツティーに桃をコップの端に挟んで渡した。反応がすごく嬉しそうで社長との会話のきっかけにもできたみたいだ。僕は、仕事に戻り、パソコンに今日の依頼を打ちながら、凛華さんのことを考える。あの作戦だけでは、凛華さんの心がそれまでの間に保てるのか心配で、どうしたらもっとらくになれるか考えていた。そして、たまーに社長さんと和馬さんの様子を見たりしていた。その様子を見ていると、和馬さんが、ネガティブなことを話しても、直すでもなく、そのまま社長が、ポジティブに返事をしたり、会話をしているだけ。でもなぜだか、どんどん和馬さんの表情が生き生きしている。あれから3時間社長さんと和馬さんは話している。するとあることに気づく。和馬さんが、ポジティブな言葉になっているのだ。僕はびっくりした。誰かと会話するだけで、こんなに変われるのだと。

しばらくし、和馬さんが帰り、社長さんと作業をしながら僕は話してみた。

「あの、社長さん」

「んー？　な〜に？」

「社長さん凄いですね、ただ、和馬さんと話してるだけなのに和馬さんポジティブになっていましたね。どうしてですか？」

「人ってね、何かを直そうじゃなくて、自然に身を任せた方が自然にできるんだよ。何かを変えようと努力して叶うこともあるけど、性格的な部分はその人の体の一部と同じ。だから、それを無理矢理もぎ取ったら変な変わり方になるし、とても痛い、だから、自然が一番いいのさ〜。そして、人は皆自分と反対の人の側にいたくなる。そうするとらくだから。楽しいから。そうして一緒に過ごすと、なんだか自然にどちらも似てくるんだよ。だからさ。ちなみに優光だって、最初の自分と違うだろう。仲間たちと出会って変われたっていっているじゃないか」

確かに僕も自然に変わっていた昔と全然違う。ネガティブな自分も、人を恐れていた自分も、考えてみればたくさんある。

「そうですね。なるほど。」

僕もまた一歩変われた。そして、その話をきっかけに、凛華さんへの心の助け方が閃いた。

第九章　親子の愛

凛華さんに伝えたいことがあり、僕は電話する。

「すいません。何でも屋の優光です。今日はありがとうございます。凛華さんに伝えたいことがありかけました」

「こちらこそ相談にのってくれてありがとうございます。ご用件は、何でしょうか？

今母がお風呂からでそうなのでお早めにお願いします」

「すいません。分かりました。凛華さんにとって好きな芸能人や、一緒にいて楽しい人、もしくは見ていると元気が出る人はいますか？」

「います。会社の同僚に一人。話したことはないけど、同じ女性です」

「では、その女性とコミュニケーションをとってみて、一緒にいる時間を少しとってみてください。一日に少し楽しい空間を作るだけでも、心を癒してくれると思うので」

「ありがとうございます。やってみます」

「あと好きな人に気分だけでもなりきると少しは楽しく生きられるかもです。」「ここまで考えてくれて嬉しいです」

電話越しでも分かるくらい嬉しい感情が伝わる。

「では、また」

「はい」

これで少しは楽になれたらなと僕は思った。が、もっとサポートできないかまだ模索中だ。仕事を終えて帰るとき、社長にご飯に誘われて一緒に食事に行く。紹介された店は、働き口も家もない元ホームレスの人たちが働いているベジタブルレストランだ。ここで働く人たちは、レストランの横のマンションに住み込みで働いているのだ。

その場所があることを僕は初めて知った。

「こういう店初めてきました。こんな場所があるんですね」

「そうなんだね。初めてデーじゃーんおめでとう！」

「あっはい」

「ここで働く人たちは、みな苦労してきた人たちで、ホームレスっていっても、お互い助け合い支えあう優しい人たちで、そこに胸をうたれた店長の工藤さんが、皆を住み込みで働かないか誘ったんだって」

「へー。でも家賃とかは？」

「家賃等のお金は給料から引かれているんだ。だから大丈夫。給料も少なくない。大丈夫さ」

「へー」

「ちなみに工藤は俺の同級生で親友。工藤の店でなくても住み込みで働ける場所は他にもあるよ」

「そうなんですね」

「あー。今度ほかの住み込み場巡りでも一緒にしてみるか。」「住み込み場巡りって…

観光みたいに…」

「いいじゃんめぐる旅みたいな感じでも。いかないの？　たーのしいよー」

「いや、行きますよ」

「よし、決定。今度の休み俺ら一緒だから行こう」

「今度って今週早っ…ま、いいかそうします」

「なにか用事でもあるの？」

「いや、ないですけど急なんでビックリで」

「そうか。じゃあ、きまりー」

社長が物事を決めるのはいつも早いが、そんなとこが僕は好きだ。僕たちは食事をし、帰った。

3日後、凛華さんが、訪れた。この前より少し元気そうだ。僕は、安心した。そして、凛華さんから嬉しい報告が聞けた。お母さんにモデルのコンテストに誘って一緒にお話しして、楽しんで見られたそうだ。お母さんもモデルに興味を持ったらしく、これからは好きな服をたくさん着ていいよといってくれたみたいだ。モデルの夢も応援してくれるみたいだ。よかった。ただ、一つ問題がおきた、絶対ナンバー1になれとのことだ。また作戦をねらなければ。今日中に答えられなかったのが申し訳なく思う。あともう一つ嬉しいことがあった。どうやら、同僚と一緒に昼を食べる機会が、できたそうだ。相手も気になってたみたいで、友達になれたそうだ。おかげでたくさん本音を話す人ができたと喜び、なんだか考え方も変わってきたそうだ。ちょっとのことじゃめげないようになったそうだ。元々行動できるのに、すごいなと思った。凛華さんに次の作戦で一緒に、ドキュメンタリーの個性を大切に育てられた女の子の話を見に行く作戦だ。子供はものじゃないと知る世界を見せるために。それを伝えた。

1週間後彼女が訪れた。

「今回もうまくいったよ。私にどんなモデルになりたいか、あの映画の後聞いてくれたの」と嬉しそうに来た。僕としばらく話をしていると、気づくと7時30分だった。彼女は時計を見ると真っ青になる。

「どうしたの？　大丈夫？」

「お母さんにいつもここに来るとき、仕事って伝えているの。仕事普段6時半あがりでうちに着くの7時なの」

その時、ドーンと扉が開く音がした、僕たちはびっくりし、振り向くと、

「あら、凛華こんなところで何しているの？　仕事じゃなかったのかしら？」と低い声で怖い笑みで聞く。

　まるで恐ろしい魔王のようなオーラが出ている。

「う、うん。思ったより仕事が早く終わって」

「そんな嘘、通じると思う？　会社の人に聞いたら、今日は休みの日と言われましたが？」「あなたは私をだましたのね。人に嘘をつく子に私は育てた覚えないけど？あなたはお母さんの子なの。休みだったら、お母さんのそばにいなさい。こんなとこに来てる暇があるなら、母を手助けしなさいよ」

「私は家事もしてるし、お母さんのそばにもいつも言われたとおりにいるじゃない！」

「お母さんに逆らう子にいつからなったのよ」

　その瞬間ビューンとそこにおいてあった灰皿を娘に投げつけた。凛華さんに直撃する前に、すっと社長が出てきて、パシッと灰皿をキャッチした。

「危ないですよお母さん、そんなことしたら、大切な娘が死にますよ。」といい灰皿を僕に託す。

「何よ。うるさいわね、死にはしないわ。私の子だもの」

「ほーそれはすごい。でしたらお母さんもそれくらいじゃ死なないのですね。でも、お母さんがそうだからと言っても、娘もそうとは限らないのでは？　実際にあなたは、お母さんの子だから何でもお母さんと同じように出来ましたか？」

「できるわけないじゃない。バカじゃない？」

「えっっビックリーーーーーーじゃあ、自分はできないのに娘はできると？」

「そ、そうよ」

「まじかっ！　じゃあー、娘さんに聞きまーす。あなたは、お母さんの子だからと何でもできますか？」

「え、できるわけないから、だって私は、私だから」

「だそーです」

「凛華あなた何をいってるの？　それくらい出来るようになりなさいよ娘でしょ。生意気いって。何が私は私よ」

「私だからよ。お母さんだってお母さんでしょ。お母さんはおばちゃんじゃないじゃない」「そ、それはそうだけど。もーーー何よ何よ皆して」と今度は携帯を投げつけようとした。それを止めに僕は後ろから押さえた。

「と、とりあえず座りましょう。」と僕はソファーに座らせる。

僕を睨みつけるが、震える顔を隠し笑顔でニコっと返す。

「いろいろ怒らせてしまい、すいません。とりあえず落ち着いて話しましょ」

社長は、流石に疲れきってるが、そういうと僕にお茶の合図をおくる。僕は落ち着かせるため、ココアを渡した。そこに、フワフワのクッキーを添えた。そのクッキーは、昔、凛華さんのお母さんが凛華さんが欲しがってその場から動かなかった時に一回だけ、凛華さんの好きなものを買ってくれたクッキーだ。僕はその話を凛華さんから聞いていて、たまたま僕がよく食べていたので常備してあった。

クッキーを見ると「あっ、このクッキー」と凛華さんのお母さんが言う。

その反応にちょっと嬉しそうに「覚えている？」と凛華さんが聞く。

「凛華が、昔欲しがっていたね。よく覚えてる。あんなに離れたがらなくて何を言ってもダメで、あなたが目をキラキラしていたから。なんだか買ってあげたくなったのよね。買ったら嬉しそうにしてるあなたの笑顔をみて、私も嬉しかった」

「私は、初めてお母さんが自分の欲しいものを買ってくれて嬉しかった」

「そう。でも私はあなたの欲しいものたくさん買ってあげたじゃない」

「それはお母さんがあなたはこれが欲しいの。それではないって無理矢理言っているだけでしょ。欲しかったものではない」

「そうですか。でもそれはあなたのためよ」

またヒートアップしそうだ。

「さ、とりあえずどうぞどうぞー銅像」と社長は銅像ポーズをする。

効き目があったのか二人の心の熱が一瞬冷めた。二人はココアを飲みクッキーを食べる。少し落ち着いたのを見て、社長は、僕を呼び、とんとんと肩をたたき席をたった。僕は交代し座る。

「凛華さんのお母さん。僕と少しあちらでお茶しませんか？」「はあ？　何でよ」「お母さん少し疲れてませんか？　僕何でも聞きますよ。お母さんは凛華さんをすごく好きだから。凛華さんが心配なんですよね。でも、最近はどうしたらいいか分からないですよね」「あら、よくわかる。いいわよ。話しましょう」

僕は社長さんに凛華さんをお願いし、僕は凛華さんのお母さんと他の部屋に行く。

「あっ名刺渡しときますね。何でも屋の優光です。いろいろあり名前がわからず、ある仲間たちにつけてもらったので苗字がないですが。すいません」

「あっはい。私は凛華の母こころです」

「いい名前ですね」

「ありがとうございます。ところでうちの娘は、なんでここにいるのかしら」

「娘さんは、ここに相談しにきています。こころさんとの関係で相談しています。内容は、言えませんが、あなたから離れたいわけじゃありません。嫌いでもありません。

ただ、こころさんが、娘のことを考えて、悩むように娘さんもお母さんとのことでどうしたらいいか悩んでいます。それはお互い好きだからこそおこること。たまには内緒にしたいこともあります。お互いが、傷つかないように思いやりです」

「そうなのね。ちょっと言い過ぎたかもね。ダメな母ね」

「大丈夫です。人は誰しも失敗しますから」

「ありがとう」

「ちなみにそのクッキー。凛華さんから話を聞いたんですよ。お母さんが、自分の好きなものを買ってくれて嬉しかったみたいです。自分の好きを認めてくれて嬉しかったそうです。好きなことを認めてくれると嬉しくて宝物になりますよね。こころさんはそんなことありますか？」

「好きなことねー、私は、一度もなかった」

「そうですか。それは、寂しかったですね。僕はこころさんの好きなこと認めたいな。こころさんは何が好きですか？」

「分からない。いつの間にか、私の好きなことが分からない」

「したかったことは？」

「それなら、今娘や息子が務めているようなトップ企業につとめたかった。塾にいきたかった。学校行きたかった。今じゃ遅いけどね」

「そうなんですね。いいじゃないですかカッコいいです。今からでも遅くはないですよ。例えば70歳のおばあちゃんが大学に通ったりしているんですよ」

「えっ今そんなことがあるの？」

「そうなんです。今は遅くからでも始める人はいっぱいいるみたいです。僕もニュースで初めて知りました。知らない世界はいっぱいですね」

「へーそうなんですね！」

「はい。なので今からでも全然できるんですよ。どうですか？　好きなことできることとあるとワクワクしませんか？」

「はい。します。すごく嬉しいです」

「今のこころさん目がキラキラしています。きっと凛華さんも同じ気持ちだったんじゃないですかね」

「そうですね。私は私。娘の言う通り。あの子だって好きでやりたいこと認めてほしいわよね」

「そうですね。これからお母さんが好きなことを認めたらきっと凛華さん喜びますよ。そして、僕は、こころさんの好きなことを自分自身も認めてあげてほしいな。」

「そうですね。そうします。ありがとうございます。ちょっと肩が軽くなりました」

「いえ、またいつでも聞きます」

「ちなみになんですが、人それぞれ考えが違うこともありますが、それも認められると嬉しくなりますよ。ま、それを教えてくれたのは僕の親友ライオンのムーンですが」

「えっライオンっ」

「はい。でも彼は食べたり襲わないので大丈夫です。僕の住んでる場所の仲間たちの一人でもあります。たくさんのことを彼らに学んだんです。世界がまたちがって見えますよ。僕実はこういうところに住んでいて、もしよければ、凛華さんと今度来てみてください」と僕は、ホームページのブログの情報と場所を書いた紙を渡した。

「は、はい。」戸惑っているが、僕の目を見て、「驚きですが、あなたが言うなら、信じて行ってみようと思います」と言ってくれた。

それから、こころさんと凛華さんは、お互いの気持ちを話して、お互いなぐさめあい認め合い。僕たちにお礼をし、会計をすまし、帰っていった。その時に母のこころさんが「いいよ。私がだすよ。今まで私にたくさん付き合ってくれたからお礼。」といって払う姿に愛を感じた。

第十章　世界が変わる

僕がここの会社に来てから、たくさんの人に出会いたくさんの経験をした。まだまだ未熟な僕だけどこれからも頑張ろうと思っている。そしてこの会社で僕の過去と似た経験をしている人にも出会った。その人は僕と話せてよかったと涙してくれた。おかげで助かったと喜んでくれる人もいた。それとお仕事きっかけで、依頼者と友達になったりもした。今では、大の仲良しでお互い支えあっている。社長にもたくさんのことを教えて貰えたり、いい背中をみせてもらっている。お仕事きっかけで、僕の活動に興味をもってくれる人や、実際に森に来てくれたりした人もいる。来てくれた人の中で考え方が変わったひともいる。非行に走らなくてすんだよ。と言ってくれた人もいた。そういう人たちを見るとすごく嬉しくなった。やってきて良かったと思った。ムーンがいつの間にか来てくれた人たちの人気者になっていたり、たくさんの相談にのっているムーンをみたりした。少し僕と、一緒にいられる時間が減り寂しいが、何よりムーンが嬉しそうで良かった。僕がムーンに、

「いつの日かのライオネルみたいだね。」と言うと照れくさそうに「そうかなあ。でもそうなれていたら嬉しいよ」と喜んでいた。

僕は、もっともっとたくさんの人にこの世界を知って貰いたいと思った。

ある日、はやっちから電話が来た。

「おはよう、どうしたの？」

「ね、ね、優光聞いてよ。僕、雑誌記者に受かったんだ。優光に勉強教えて貰ったおかげだよ。ありがとう」

「おー！　それはすごいじゃんおめでとう！　すごく嬉しいよ！　僕じゃなくて、はやっちが頑張ったから受かったんだよ！　おめでとう！」

「うん。ありがとう。すごく嬉しいよ」と彼はうれし泣きをした。僕も嬉し泣きをした。

それからしばらくして、はやっちに今度森に行きたいと初めて言われた。すごく嬉しかった。その日が来て僕は、はやっちを迎えに行き一緒に行った。はやっちは最初はびっくりして腰を抜かしていたが、時間が経つうちにだんだん慣れていき楽しそうに皆と僕と過ごした。それから何度も通ってくれて、だんだん彼の心が柔らかくなっていたのを感じた。それからしばらくすると、凛華さんとこころさんそしてお兄さんも来てくれた。こころさんは初めての世界に触れてだんだんとそれぞれの考えを大切にする気持ちがたくさん増えてきた。お兄さんは、だんだん自分の気持ちがわかるようになってきた。凛華さんは妖精さんと様々な動きを練習しモデルの表現を学んでいる。妖精さんと凛華さんが美しいきれいな女神にみえた。

ある日、はやっちが僕の住んでいる森を、妖精と森の世界というタイトルで雑誌に載せたいと依頼してきた。もちろんと承諾をした。雑誌にのってから僕の活動や森の仲間たちの暮らしがすごい話題になり有名になった。最初は、動物たちに危害が加わる実験にされそうで一生懸命止めたり、僕の活動やこの世界の在り方に賛否両論あったが、今ではたくさんの人があつまり、応援してくれたり、癒しに来てくれたり、この世界にきて触れ合ってくれる人も増えた。もちろん僕と同じ感じの人ホームレスや犯罪者と呼ばれる人たち心が苦しい人たちもいっぱい来てくれた。

そんな中、僕が殺してしまった被害者の家族もきた。僕は申し訳ない気持ちと僕の今の気持ちを話し、誠心誠意謝った。もちろん最初は許してもらえなかった。僕も被害者家族の気持ちをたくさん考えた。時にはまた、自分が嫌になり追い込みすぎてしまうが、ムーンたちに励まされ今の自分を精一杯みせた。そして、被害者家族の手伝いもした。最初は追い返されたり、罵倒された。僕はそれでもめげずに頑張った。今の仕事も活動も楽しく取り組みいろいろ乗り越え、被害者家族の助けになることをした。だんだんと僕のその姿を見て、気持ちが伝わり、許してくれた。そして、娘さんの話や、家族のその後の話も聞いた。

「いろんな思いもあるが責め続けても、意味がない。前を見て歩くことも必要だ。と君を見て気づいた。君の反省の気持ちも伝わった」と言ってくれた。

僕は涙した。「ありがとうございます。ほんとうにすいませんでした」とあやまった。僕を許してくれる日が来ると思わなかったので、とても感謝の気持ちでいっぱいだった。その後も、いろんな人に出会い、他の被害者関係者全員とも関わり頑張り続けた。時間が、かなりかかったが、許してもらえた。

僕はムーンのところに向かう。

「ムーン。ようやく被害者家族の人やその関係者にも思いを伝えて許して貰えたよ」

「それはよかった。これからがようやく第二の人生になれるね」

「うん。そしてね、僕の名前がようやく分かった。源《みなもと》 大地《だいち》みたい」

「いい名前だね。ピッタリだよ」

「うん。ムーン、いろいろ教えてくれてありがとう。ムーンがいたから僕は今生きていられているよ。ムーン大好きだよ」

「今じゃこの森の世界は優光、いやもう大地だね。大地のおかげでにぎやかになったよ。ありがとう。いい世界になったよ」

「いや、ムーンのおかげだよ。ありがとう」フフっと、にっこり微笑み「もうそろそろだ。美味しく調理してくれよ。またあの日の肉団子のように」といいムーンは息をひきとった。「ああ。分かったよ」

　僕とティアラはムーンにありがとう。といい、涙した。お別れをつげ、僕らは、美味しく調理して食べた。あの日の肉団子にして。

　それから時が過ぎ、僕も息をひきとった。そして、皆に美味しく食べて貰った。


　その後、日本の世界も変わってきた。あの森がきっかけで。刑務所が、名前が、生き方サポートセンター所に変わり、さらにもうひとつ、被害者家族、加害者家族、向けの手助けセンター所が出来たり、無料お困り助けてセンターが出来た。それにより、だんだんと犯罪と言われる行為が減ってきた。それは、未然に助け合える場が出来たからだ。そして今でも動物たちの世界もにぎわっている。

　あなたも違う世界に触れてみたらいいかもしれませんね。

チェンジモードの俺　～好きになるには～

第一章　自分は自分

〝僕はあいつが嫌いだ。だって、僕の仕事を邪魔するから。〟

〝俺はあいつが嫌いだ。いつもまじめで反吐がでるほど優しいからな。〟

〝俺はあいつが嫌いだ。お前の匂いが料理を研究する邪魔になる。〟

〝僕は君が嫌いだ。いい匂いがするのに僕のアロマを勝手に捨てるから。〟

〝僕は君が嫌い。だってすぐ切れるんだもん。〟

〝俺はお前ら全員大嫌いだ。もっと部屋を綺麗にしろよ。誰が投げてると思ってるんだ。〟

〝俺はいつも思う。皆どうして対立するの？　もっと気楽に生きようよ。〟


俺の体内には俺含め7人の人格が潜んでいる。7人の人格は急に体を乗っ取り動き出す。でも乗っ取られている時の記憶はない。そして本物の自分は誰か分からない。そういう病気を患っている。医者に聞くとチェンジモードという病気らしい。なので俺らはメモを取りながらその日の出来事を理解していくしかない。

俺の中の人格はそれぞれ職種や性格が違う。まじめな保護司、不良のやつ、中華料理屋、アロマセラピー、泣き虫くん、綺麗好きなおこりんぼう、そして女好きな俺。それぞれの人格はよく対立する。俺はそんな人格たちに仲良くしてほしいと思うから皆が鎮まるようにしようとする。そんな毎日を送っている。どうしたら仲良くなるのだろう。

朝起きて俺は張り紙を見る。そこにはそれぞれの人格たちのメッセージいや怒りの声が付箋に書かれ壁のあちらこちらに貼ってある。俺はいつもこれを見てうんざりするが、その張り紙を見て皆の怒りを収める行動に出る。まず初めにこの出来事から片付けよう。俺は付箋をもう一度見る。

(リビングにアロマを置くんじゃねえ、料理の匂いが分からなくなる)

(アロマを捨てないでよ。僕の宝物なんだ)

俺は中華のシェフの人格君とアロマセラピーの人格君の喧嘩から収めることにした。

俺はアロマを買ってきて、アロマセラピーの人格君のお部屋に置いた。

「よし、これで大丈夫だろう」

「次はと」

俺は張り紙を見る。

(ゴミは分別して捨てろ。いつも誰が分けてると思う。女好きニート、女子と一緒のベットで寝るな)

「女好きニート、ひどい言われようだな。まあ、事実だけどさ。まあいいや。とにかく一緒に寝なきゃいいんでしょ。はーいと。そしてゴミね。はいはい。じゃあ分別出来るようにゴミ箱に張り紙で書いとこうと」

俺は画用紙にゴミの種類を書きゴミ箱に貼り付けた。そして次の張り紙を見る。

(そんなガミガミ怒らないでよ。やめて)

「それは綺麗好き怒りん坊人格君の性格だからな。どうしよう」

俺は悩みながらも付箋にこう書いた。

(すぐ怒るのは怖いよね。でも大丈夫、見なきゃいいんだ)

そう書き俺は泣き虫人格君の部屋に張った。

「最後は」

俺は張り紙を見る。

(俺の担当者さんをカツアゲに誘っただろう。お金返してこい。そして二度とするな)

（嫌だね）

「これはどうしよう。お金返すったって誰だか分からないし」

俺はある女の子に連絡をして調べて貰うことにした。

トゥルルルトゥルルル

「はい。何？」

「おう。みるく。お願いがあるんだ。実は、不良の人格君が保護司の人格君の担当している子を誘いカツアゲをしたみたいなんだ。それでお金をカツアゲされた子に返してあげたいんだけど、その子が誰なのか分からないんだ。探してくれない？」

「いいけど。何か手掛かりになるもの持ってるの？」

「カツアゲに一緒に行った人が誰なのか、だったら分かるかも」

「じゃあ、まずその情報を頂戴」

「分かった。みるくのお家いっていい？」

「いいよ」

「じゃあ、今からそれを持って向かうね」

俺はみるくの家に向かった。

「みるく、お待たせ」

「手がかりのものは？」

「これだよ。保護司の担当してる子たちのリスト表と記録表と保護司の人格君の携帯電話。もしかしたら不良君と一緒にカツアゲに行った人に連絡してるかもだから」

「うんそうかも。ありがとうちょっと見せて」

みるくは記録表と電話の通話履歴を見た。

「もしかしたら、この人が一緒にいった人かも。記録表が途中になってるし、通話履歴の最後がこの人だから。うーんと、名前は白垣雫《しらがきしずく》。住所はここね。とりあえず一緒にいった人は分かったわ。さて、ここからどうカツアゲした人を探すかね。ちょっと考えさせてね」

「おう」

みるくにお茶を出し俺は待った。

「作戦を考えたわ。まずあなたが不良の人格君に成りすますの。そしてあの日カツアゲした人のことを誰だか探り出すの」

「分かった。やってみるよ」

俺たちは雫君のおうちに向かった。

「はーい」

「よっ会いに来たぜ、話そうぜ」

「おーあがれ、あがれ」

「水飲むか？」

「おう」

「そういえばこないだのカツアゲ楽しかったな」

「おうおう。楽しかった楽しかった。久しぶりのカツアゲはいいな。誘ってくれてありがとよ。でもよ、急にどうしたんだ？　いつもはそういうことさせないのに」

「まあ、ちょっとな、気が変わったんだよ。それよりさ、こないだのカツアゲした人の名前何だっけ？」

「何だったけな。覚えてねえよそんなの。ただの通りすがりだしな。名前なんか聞いてどうしたんだよ」

「いや、なんかさ、そいつの名前みたいのが新聞に載っててびっくりしたんだよ。確か名前はたかしだったたっけな」

「たかしではないだろう。そんな名前の顔じゃねえし。てか名前名乗ってたっけ？」

「財布に入ってた保険証で見た気がしてさ」

「あっ財布俺が持ってるわ。あっ全然違うじゃん。大内聖《せい》だって」

「ほんとだ。全然違うな。良かった。死亡欄に載ってたからさ」

「それは怖いわ。良かった。俺ら殺してなくて」

「な。ちょっとトイレ借りるわ」

「おう」

　俺はトイレに行きみるくにメールした。

（保健証を見て情報を入手した。名前は、大内聖。生年月日は、一九九八年七月九日。勤務地は、株式会社「にしわ」建設で働いてる。住所は●●●。分かったのはここまで。あとは雫が財布と保険証などの貴重品、残りの分け合ったであろうお金を持っている。俺はここからほんとのことを話して財布と貴重品、お金を取り戻して、今後しないように話してみる。みるくには聖君に事情を話して俺が持ってた分のカツアゲしたお金と俺の財布の方から足りない分を渡してあげてほしい）

　するとみるくから返事が来た。

（何かあったら困るからひとまず帰ってきて。保険証は後でいい）

　みるくは俺のことを心配してくれたが俺はいつ人格が変わるか分からないし、時間をかけてられない。そう思い、メールを返した。

（俺なら大丈夫。人格が変わる前にどうしても保険証とかも返してあげたいし、次も

またやらないように説得したいんだ）

すぐに返事が来た。

（気持ちは分かるけど、あなたじゃ無理よ。殴られるだけ。後で保護司の人格君に変わった時に一緒に説得しに行くから。保険証などのカード類は他人に使えないように止めとくから大丈夫。気持ちは伝わったから帰っといで。）

不本意だがみるくの気持ちに答えることにして雫と別れ家に戻った。そして俺たちは聖君のおうちに向かった。聖君はまだ帰ってきてないみたいなので、俺らは会社に向かった。

「あの、すいません。私、工藤みるくと申しますが、こちらの会社に大内聖さんはいますか？」

「僕ですけど何か」

「すいません。俺、大内聖さんに返したいものがあり伺いました。」

俺を見ると聖君はビクッとした。そしてこわごわした声でこういった。

「なっ何の用ですか。会社まで来ないでください」

「ごめん。カツアゲしに来たんじゃないんだ。怖がらせてごめんなさい。こないだのお金を返しに来ました。先日はすいません」

「こんなとこでやめてください。こちらにどうぞ」

俺らは中に案内され別部屋に案内された。

「どうぞ。お座りください」

「ありがとうございます」

「あの、急にお金返しに押しかけられても困ります」

「ごめんね。そりゃ困るよね。でも私たちに時間がなくて。ごめんね勝手な事情で。この人ねチェンジモードを患っていてね、人格がいつ変わるか分からないの。それでね、早く返してあげたかったみたい。」

「こないだ君に会った人格君は俺じゃないんだけど、お金をどうしても返してあげたかったんだ。」

「簡単には、はいそうなんですね。とはなりませんが、お金を返してくれるのはありがたいです。貰います」

「だよな。ごめん。これ、お金。」

「確かに受け取りました。それと、財布や貴重品も返してください。困ります」

「それが、一緒にいた方が財布など持っていてまだ説得出来てないんだ。もう少し待っていてもらえる？　必ず返すから」

「それまでカードや保険証など使えないようにストップしていてほしいの。ごめんね。こちら側が悪いのに。それまでに必要なお金はこっちが出すから。出来るだけ早く返す。約束するわ」

「分かりました。でも、約束だけじゃ信じられないんで、あなたと連絡交換しときたいです。ところであなたはこの人とどういったご関係ですか？」

「友達です。もちろんちゃんと返させますから。連絡先交換しましょう。あっあと信じてください、今いるこの人、いや、この人格君は本当にいい人です。だって自分じゃない人格のためにここまで動く人ですから」

「あなたは本当にチェンジモードなんですね。彼女やあなたのまっすぐな目を見るとそう思えました。信じます。なので絶対返してください」

「はい。ありがとうございます。信じてくれて」

「いえ、でもあなたはどうして自分ではない人格のやらかしたことにここまで出来るんですか？」

「何だろう。自分じゃなくても自分だからかな。あいにく俺はその時のことを何も分からない。いつも他の人格君のことはメモを見て知る。だけど、俺は俺一人だから俺自身が間違ったことをしていたら責任は取ろうと思うんだ」

「辛くないの？」

「辛いは辛い。だって悪いことはしてほしくないから。でもその人格もそうやって生きなきゃやってられない思いがあるんだと思うんだ。俺はそれぞれの人格が仲良く穏やかな心を持てればいいなと思うんだ」

「そうなんですね。すごいですね。僕には出来ません」

俺たちは聖君と連絡を交換し別れた。

第二章　不良の苦悩と俺の荷物

朝、目が覚める。俺は部屋に行く。カレンダーの日にちを見るとあの日から十日経っていた。あれからどうなったのだろう。そう思い俺はメモを見にリビングに行こうとすると、自分の机にプレゼントがあることに気付いた。プレゼントにはメモが貼ってあり、

（ありがとう。無事に財布やお金が返せました。雫君もいろいろ大変でしたが、なんとか説得できました。これはお礼です）と書かれていた。

俺はとても嬉しくなった。俺のした行動が保護司の人格君の役に立てた事が何よりも嬉しかった。俺の行動はおせっかいにならなくて良かった、そうも思った。俺がしてる行動は自分善がりなんじゃないかと内心ドキドキしていたからだ。さあ、さっそくプレゼントを開けてみよう。箱を開けると、女性の写真集がいっぱいあった。どれも俺好みの女性だ。違う人格でも俺の好みを把握してくれている。いわば他の人格への愛ももってくれている。そう思うと俺はなぜか涙が出た。

「ありがとう」

俺はリビングに向かった。張り紙に目を通す。俺は嬉しい気持ちが少し冷めた。

「あっまた喧嘩してる」

全てがいい結果にはそうそうならないな。そう思いながらもメモを見た。

（ふざけるなよ。俺のとった金だぜ。雫も誘っても出てきてくれねえし、俺のことお前らでイジメやがって。ざけんな）

不良の人格君はとても怒っていた。俺のやったことは不良君にとってはそうなるよな。俺はイジメたつもりではなかったがそう思われても仕方ない。友達も奪い、手に入れた金も返したのだから。なかなか皆の気持ちに寄り添うことが難しいことに気付かされた。何だか現実から目をそむけたくなり、俺は瑠々《るる》という女性の家に行き、気持ちを紛らわした。

次の日、俺は目が覚めると、涙が流れた。瑠々はそっと抱きしめ慰めてくれた。俺はまたその優しさに甘えてしまった。俺は女に甘えるだけの男かもしれない。情けない。俺は自己嫌悪に陥っていた。気が付くとまた、意識を失っていた。

目が覚めると、俺はドン・キホーテの駐車場にいた。そして輪の中にボコボコにされている40代くらいのサラリーマンがいて、周りには不良が囲んでいて俺もその中にいた。そして皆はボコボコにしたサラリーマンを見ながら食事をしていた。何が楽しいんだか分からないが皆は笑っていた。

「おう。目が覚めたか」

「お、おう」

「急に倒れたからびっくりしたわぁ。お前大丈夫か？」

「なんともないよ。大丈夫。ありがとう」

「一応病院行ってみろよ」

「おう。サンキュー」

どうやら俺は不良の人格中に交代したようだ。そして今はきっとあのサラリーマンからお金を奪った後なのだろう。可哀そうに。

「なあ。皆今日はこの辺にして帰ろうぜ」

「はあ。何言ってんの。帰ったって苦しいだけだって。このまま楽しもうぜ」

「そうっすよ。楽しみましょうよ」

どうやらここの皆は家に帰るのが嫌みたいだ。この人たちは何があって嫌なのか知りたくなりつい聞いてしまった。

「なんで家は苦痛なの？」

「はあ。そんなの決まってるだろう。現実を思い知るからだよ」

「どんな現実？」

「いろいろあるだろう。てかお前も知ってるだろう」

「あー。そうだった。ごめんごめん。でもちょっと忘れちゃってさ」

「はあ？　忘れたあ？　お前ほんとにさっきから大丈夫か？」

「大丈夫だよ。だって全然元気だもん」

「そうか。まあいいや。教えてやる。俺は借金返済に毎日追われている。どんなに稼いでも母親が持ち逃げしてくんだぜ。帰ったらぼろぼろのアパートだ。現実を知らされるし嫌になるよ」

「そうだった。そうだった思い出したよ。ごめんごめん」

「皆もそれぞれの辛さと戦ってるんだから。お前二度と空気壊すなよ」

「わかったよ。ごめんな」

　彼らは彼らなりに苦しいんだな。そう俺は思った。暴力ふるうことがストレス発散なのかもしれない。でもそれもどうなのだろう。違う方法はないのだろうか。俺はそう考えた。しかしその夜は答えが出なかった。

第三章　人格

　翌朝、俺はコーヒーを片手にふと、不良君の部屋へ足を運んだ。不良君の部屋はごちゃごちゃだ。鏡を割った破片が飛び散っていたり、布団がぐちゃぐちゃになっていたり、大量の血が飛び散っていたり、カーテンが引き裂かれていた。まるで事件現場のようだ。不良君も何か苦しいのだろう。

「何これ」

　俺はたくさんの赤いノートを見た。そこにはたくさんの「死ね」という言葉が書かれていた。そして「たくさんの人格とか気持ちわりぃー。自分は誰なんだよ」とも書かれていた。きっと、自分という人間が不良君は受け入れられずもがいているんだろう。だから、他の人格の邪魔をしてみたりして自分という人間を確立させようとしたり在処を探しているのだろう。そして非行は、不良君なりのあがきや、自分への怒りを表しているのだろう。

よく誰かを誹謗中傷することで気晴らしをする人たちのように。だから自分のやっていることの邪魔をしてほしくないのだろう。でも悪いことはしてほしくない。だけどそれも俺の一方的な思いだ。俺らが仲良くなるのが難しいのは、きっとそれぞれの思いがあるからなのだろう。それにいち早く気付いているのは不良君なのかもしれない。だから苦しくてたまらないんだ。自分が何者なのかも考えるくらいに。俺は不良君の気持ちが少し分かった気がした。だけれども俺は思う。それぞれ考えは違っても認められるようになりたいと。さて、どうすればいいのだろう。

「あっそうだ。皆の考えを聞いてみよう」

俺はでかい紙の真ん中にこう書いた。「皆はどういう自分になりたい?」とそしてそこから7本の線を引っ張りそれぞれの人格君の答えを書くスペースを作った。俺は自分のスペースにこう書いた。「それぞれの人格が認め合うことが出来るようになりたい」と。そして紙を壁に貼った。

それからまた何日か過ぎ、俺が目覚めると紙にはたくさんの言葉が書かれていた。

保護司の人格君は、

（世の中が犯罪に手を染めなくても一人一人が苦しむことなく楽しめる世界にしたい）

中華料理屋の人格君は、

（自分の作る料理で皆に笑顔を与えたい）

アロマセラピーの人格君は、

（すべての人が心落ち着けられるようにサポートしたい）

泣き虫な人格君は、

（アロマに同意。心穏やかに過ごしたい）

怒りん坊の人格君は、

（綺麗な環境を保ちたい）

そして、不良の人格君は小さい字でこう書かれていた。

（自分を見つけたい。助けを素直に求められるようになりたい）

と書かれていた。俺はペンを取り出しそれぞれの人格君の言葉を〇で囲みまた繋げるように線をそれぞれに引いた。そして、メモ紙を出して、（そうなるためにどうするか書いてみてほしい。(それぞれのとこにアイディアを書いてもいいです))と書き、張り付けた。

そして自分の所にこう書いた。

(自分がまずそれぞれの人格のことをよく知る。認める)と。

自分で書いてみたが自分でどうするべきか考えるのは難しいなあと感じた。俺はふと他の人にも聞きたくなり夏実という女性に電話をし、家に来てもらった。

「ねえ、夏美。俺の人格がそれぞれの人格を認め合うようになるにはどうしたらいいと思う?」

「そうね。お互いあえて関心を持たないようにするとか。どうしても関心を持つと相手の嫌な部分も見えてきてしまうから、口に出したくなるじゃん。でも関心を持たなければそんなこともしなくて済む。手を出さなければ、それぞれの人格を認め合えるんじゃないかな」

「なるほど。いい案だね。俺には思いつかなかったよ。ありがとう」

俺は紙に(お互い関心を持たない)と書いた。

「そうか、全部俺がまとめなきゃいけないわけじゃないもんね。自分のしたいことをすればいいんだよね」

「そうだよ。せっかくの自分なんだから」

「ありがとう」

　俺は何か肩の荷物が下りた気がした。今度は自分のしたいことだけしようとそう思った。

第四章　不良君

　俺はふとあることを思い出した。

「夏美、帰る場所が苦痛な人たちを楽にしてあげられる方法ないかな？」

「こないだ、不良の子たちから聞いたんだよ。家に帰ると現実に帰って嫌になるって。それを聞いた後、俺どうにかして辛さをなくしてあげたい。暴力じゃない違う発散法はないかなって。」

「うーん、元々暴力でストレス発散していたのに急に変えるのは難しいと思う。でももう一つの発散場所や頼れる場所を作ってあげることは出来るんじゃないかな？　例えばいつもと違う楽しい場所に一緒に行ってみようと誘ったり、『最近辛くない？

良かったら話聞くよ』と言ってみることで何か救われるんじゃないかな？」

「なるほどね。ちょっとやってみるかな」

「うん。それがいいよ。でもさ、女好き君は面白いね、やっぱり人の手助けはしちゃうのね。人に関心があるのかもね。」

「あっそうかも」

「まあ、そこがあるからあなたの優しい部分が出ていいけどね。こんな感じで何かを変えるって難しいんだよ。だからなかなか不良君たちはそこから抜け出せないのよ。だから自然に支えてあげるしかないのかもしれない。少しずつだね」

「そうだね」

　俺は夏美の話を聞いてまずは不良君から安心してもらえるようになろうと思った。俺は一ついい案を思いついた。日本プロボクシング協会に加盟するボクシングジムのチラシを不良君の机に置いた。そして、（こないだはごめんね。もしよければ、ここに行ってみてほしい。きっと楽しいと思うよ）と手紙を書き置いといた。これで、俺に心を許してくれるかは分からないが、不良君のストレス発散場所になれればいいなと思った。それを見ていた夏美はニコッとしこういった。

「いいと思うよ」っと。

夏美が家に帰る時、俺は夏美に言った。

「いつもありがとう。夏美と話して、改めて寄り添う大切さや程よい距離間に気付いたよ。」

「どういたしまして」

夏美はニコっとした。

第五章　効果

不良君からメッセージが置かれていた。そこには、（ありがとう。行ってみたら楽しかった）と。俺はすごく嬉しかった。不良君の少しでも楽しめる場所を作ってあげられたんだと。俺は紙を取り出しこう書いた。（それは、良かった。今度ボクシングのお話聞かせてね）と。そして俺は不良君の机の上に置きに行った。すると不良君の部屋が少し綺麗になってるのに気付いた。いつもはぐちゃぐちゃの布団がちゃんと畳んであった。ちょっとした変化だけど嬉しかった。だけどまだノートの中には、不良君自身の嘆きがたくさん書かれていた。そう思ったがよく見ると小さく端に（なんだよ、あの楽しい世界。はまっちゃうじゃんか）と俺はくすっと笑った。そして俺は不良君の部屋を後にして、壁に貼った書き込みを見に行った。そこには皆のたくさんの答えが書かれていた。

保護司の人格君の答えには、

（一人でも多く犯罪者の話を聞く。生活が困難な人を手助けするボランティア活動に積極的に参加する。辛そうな顔の人に声をかける。非行少年と言われる人たちの新しい居場所を作る。ご近所さんやいろんな人とたくさん関わる）とたくさん書かれていた。

俺は保護司の人格君のすごさに圧倒された。こんなにも考えてるんだ。そしてなんとなく保護司の人格君と俺は似ているかもと思った。

そして、中華料理屋の人格君は、

（たくさんたくさん作って美味しい料理をより多くの人に作れるようにする。お店の前を通るだけで匂いで入りたくなるようにする）と書かれていた。

料理への情熱が伝わってくるし何よりも努力してるんだなと感じた。

アロマセラピーの人格君は、

（いろんな人にアロマの魅力を知ってもらう。講習会を開く）と。

アロマの人格君らしいな。と思った。

泣き虫な人格君は、

（ストレス発散する。規則正しい生活を送る）と。

基本的なことだけど大事だなと思った。

怒りん坊な人格君は、

（常に掃除できるように簡単な掃除グッズを置いとく。仕分けしやすいように仕切りを付けたり仕分けるものの名前を書いとく。（誰かさんの受け売りだが。））と。

俺の受け売りが使われているのがなんだか嬉しかった。

不良君は、

（分からない）と書かれていたがその下に保護司の人格君と思われる字でこう書かれていた。（大丈夫。すぐじゃなくていい。気が向いたら頼ってみる）と。

保護司の人格君の言葉になんだかジーンときた。

皆それぞれ似てるところもあり、それぞれらしさが出ていた。俺は紙にまたそれぞれ線を付け足した。そして張り紙にこう書いた。（皆答えてくれてありがとう。次はそれをするにはどうするか書いてね）と。そして紙をもう一枚貼り（手助け大歓迎）と書いた。

このやりとりが始まってから変わったことが出てきた。朝の目にする怒りの声のメッセージがなくなっている。もしかするとこのおかげなのかもしれない。始めて良かった。俺はそう思った。もしかするとそれぞれの人格の考えが見えることで人格のことを自然に認め始めてるのかもしれない。その事実が嬉しかった。今日も俺は紙を見た。そして俺の答えが書いてなかったことに気付き書き込もうとしたら、ふと目がとまる。誰かが俺の所に書いてくれていた。

（自分の人格じゃなく一人の人として見る）と。

この字はたぶん怒りん坊の人格君の字だ。確かに一人の人と見るのはとても大切だなと思った。一人の人、それは『その人はその人』と見るということと同じなんじゃないかと思った。だから俺はいいと思った。怒りん坊の人格君ありがとう。そして俺は書き込んだ。

（自分のほんとにやりたいことだけに目を向ける）と。

そして俺は、怒りん坊の人格君のとこにも書いた。

（簡単掃除グッズを買ってくる）と。

こうやってお互い助け合うと楽しいな、なんだか心が穏やかになる。皆の書き込みも読んでると人格君たちの気持ちがよく分かってきた。これが認め合うということなのかもしれない。

第六章　最終章　俺の人格たち

ある日皆で書いてる紙の終わりはどこだろうとふと俺は思った。始めたきっかけはこれで皆が認め合える方法が見つかればと思い始めたが、知らずのうちにお互い認め合ってる気がした。だからこそこれはもう終わりでいいのではと。でもみんながどう思っているか分からない。だから俺は聞いてみた。張り紙に俺はこう書いた。

（みんなこの紙にたくさんの答えをありがとう。俺はこの紙を始めることでみんながそれぞれの人格を認めるにはどうしたらいいかの答えが見つかると思って聞いてみました。そしたら意外にお互いの共通点が出てくると思ったからです。やってみたら俺はあることに気付きました。俺が動かなくても案外皆認め合ってることに俺はすごく嬉しかったです。ありがとう。皆が付き合ってくれたからたくさんのことを知れたよ。ここで本題です。皆はこの紙を続けたい？）と書き壁に貼り付けた。

次の日皆からメッセージが貼られていた。保護司の人格君は、

（俺はお前のしたいようにすればいいと思う。最初は何だこれと思ったけど、案外いろんな人格の思いが知れてなんか見方が変わったよ。ありがとう）

保護司らしい答えだった。見方が変わった、そういってもらえたことが嬉しかった。

不良君の人格君からは、

（俺はこれがあったおかげで自分の本音が書けた。これのおかげで保護司のことも好きになれた。俺の人格何人もいて良かったそう思えた。だから俺はなくしてほしくない。でも元々はお前が始めたことだ。自分で決めろ）

涙が出そうなくらい嬉しい。この紙が不良君にとって心が安心する場所になれていたなんて。

中華料理屋の人格君は、

（別にあってもなくてもどちらでもいい。でもこれがあったおかげで仕事にますますやる気が出たよ）

やる気のスイッチになれたのがとても嬉しかった。

アロマセラピーの人格君は、

（中華料理屋の熱量が伝わったからこそ。匂いで邪魔しないようにしてあげたいって思えたよ。ありがとう俺はもうこの紙がなくても大丈夫）

こんな風に変わってくれるなんて嬉しかった。

泣き虫くんの人格君は、

（やめたいならそれでいいよ。この紙のおかげで僕はたくさん救われたよ。案外怒りん坊君も優しかったこともしれたしね）

なんだかこの言葉にほっこりとした。

怒りん坊君の人格君は、

（お前さあ、一人で何とかしようとしすぎ少しはこうやって頼れよ）

と一言だけだが、言いたいことが伝わる気がした。

皆それぞれがこの紙をやって良かったと思ってくれて嬉しかった。俺はひらめいた。

俺は新たなでかい紙を取りこう書いた。

（皆の心のノート、辛い時ここに書き込んでね）と。そして壁に貼り付けた。

そしてまた新たな毎日が始まった。

朝目が覚めるとそこには愛の言葉がたくさん書かれていた。

著者プロフィール
渡辺 由菜（わたなべ ゆな）
1995年1月生まれ
北海道札幌生まれ
今作が初の出版

鏡との出会い ～鏡との絆の物語～

2025年3月15日 初版第1刷発行

著 者 渡辺 由菜
発行者 瓜谷 綱延
発行所 株式会社文芸社
〒160-0022 東京都新宿区新宿1－10－1
電話 03-5369-3060（代表）
03-5369-2299（販売）

印 刷 株式会社文芸社
製本所 株式会社MOTOMURA

ISBN978-4-286-26264-2